新典社選書 30

和田正美 著

文明批評の系譜

——文学者が見た明治・大正・昭和の日本——

新典社

目 次

六 江藤淳

序　文明批評について

文明批評の語は現代日本語の中でさほど頻繁には使われていないが、これは特殊な学術用語ではなく、私達の精神生活にかかわりを持つ言葉である。辞書では、文明批評とは、特定の時代における国家、社会の在り方や人心の動向などを一つの文明現象と見做して、それを何等かの基準に照らし合せながら批評し裁断する行為である、などとされている。

この説明はもどかしいが、文明批評に関する諸々の辞典・事典の説明は、そのどれにも隔靴《かっか》掻痒《そうよう》の感があって、何かすっきりしないのである。このことは文明批評という行為の模糊《もこ》とした性格を暗示しているようにも思われる。

文明批評に対して、それはかくかくしかじかのものであるという定義を下すことはむずかしい。その上、この言葉は使い方によって広くも狭くもなりそうである。およそ文明と称せられるほどの地域には必ずや文明批評があるだろうと想像されるが、私達は文明批評の何たるかを知るためには、それらの実例の一つ一つに即して考えなければならないのかも知れない。

そして文明批評を行う人が文明批評家であるが、政治家や実業家や作家が輪郭のある職業にたずさわる人間を指すのに引換え、文明批評家は職業人の呼称ではあり得ない。人は誰でも、思考と表現の能力がありさえすれば、文明批評家になることが出来る。文明批評という語の内容を明確には定め難いことには、このこともあずかっているような気がする。

以下に試みるのは近代日本の文明批評を調べて、それを可能な限り洗い立てることである。とはいっても勿論、そのすべてではなく、数人の言説を材料にしたところの、そのごく一部に過ぎない。それはともかく、近代日本と明示したからには、この時期の特徴に一瞥を与えておくことが適当であろう。

それに先立って、謂《い》う所の近代日本がいつからいつまでを指すのか、はっきりさせるべきだと言われそうであるが、このことではあまり神経質になる必要はないように思う。私が取上げようとしている人々は明治から昭和に掛けての著述家なので、取敢えず近代日本は明治、大正、昭和の三代を中心とすることになるが、明治時代は安政年間の開国の結果としてもたらされたのであるし、昭和時代とそれに膚接《ふせつ》する平成時代との間に質的な相違はないのだから、近代日本の語によって、過去百五十数年を漠とではあっても思い浮べてよいのではないだろうか。

ここでいささか大胆な私見を述べることにする。近代日本はおよそ世界の歴史に類例を見ない特殊な時代であり、特殊な環境である。それをそうあらしめたのは急激な近代化とそれが曲りなりにも成功したことであり、イギリスのH・G・ウェルズはその「世界小史」の中で、「その時の日本におけるがほど長足の進歩を遂げた国家国民は人類史上かってなかった」と記した。

私達はウェルズのこの言葉に見られる絶賛を一先ず素直に受取ってよい筈である。鎖国体制に訣別した日本が成就したことは、十九世紀後半の世界を支配していた西洋人の眼から見ても、彼等に支配されていた地域の人々の眼から見ても、ほとんど奇蹟に近いことであったろうとしか思えない。日本はこういう形で世界の舞台に躍り出たのだった。

しかし列強諸国に範を仰いだ近代化の性急さとそれに伴う社会的変化の慌ただしさが惹き起した特殊な状況から日本人が何を得て、何を失ったかということになると問題は別である。私達が今日尚そこから離れられないその得失を正確に計量することは不可能であるが、明治以来の文明批評家達はその一端を明らかにしようと努めたと言ってよい。日本人の立場としては日本の近代化の世界史的意義に浮かれ騒いではいられないのである。

更にその上、これは事柄の性質上、日本人にとって名誉なことであるともそうではないとも言い兼ねるが、日本が短時日の間に近代国家を作り上げたことは諸外国のあからさまな反感を招き、その結果、日本は悲惨な戦争に引きずりこまれなければならなかった。過ぐる大戦における日本が部分的には如何なる過誤を犯したとしても、全体的に見れば、日本は侵略国ではなく、被侵略国だったのである。

西洋人の眼から見ればいちじるしく東洋的な国家を西洋的なそれに仕立て直すという離れ業によって、西洋文明に固有と見做されていた諸々の物が、特に形而下的な次元では、日本に備わるに至った。このことは今の日本を知っている誰もが認めるであろう。が、それでいて、近代の日本人が営み来った生は西洋的とか東洋的とかいう形容によっては表せないのである。

しかのみならず近代の日本は文明の過剰を来したようにすら見える。私が多少親しんでいる文学の領域を例に取ると、明治から現代までうんざりするほど夥しい数に上る作品が発表されたのであり、今日ではどれほど真摯な研究家といえどもそのすべてに目を通すことは出来ないようになっている。これは日本人が日本語で書いた作品の話であるが、一方、外国文学の受容についていえば、古今東西のすぐれた作品がほとんど余す所なく日本語に翻訳されていて、世界文学史を楽しむためには外国語を学んだり、外国に行ったりする必要はないという冗談を口にしたくなるほどである。

こういう珍現象は有史来、世界の何処にもなかったであろう。

近代化の作業が生ぜしめた日本には、近代的と称せられるものは何でもあるように見える。しかし何でもあることは裏返せば何もないことだと決めつけるわけには行かないとしても、そういう状態に転落する危険を内包しているとは言えるのではあるまいか。あまり言いたくないことであるが、私達の眼前にある文明は何か空虚であり、脆弱であり、頼りなげである。

私は近代日本の特殊性ということを念頭に置いて右のように記しながら、それは過去百五十年の間に忽然《こつぜん》として現れたのではなかっただろうという考えが次第に大きくなって行くのを覚えた。このことについてはこれ以上紙数を費やしたくないので結論だけ記すことにするが、日本は太古の昔から、よきにつけあしきにつけ、世界の中で稀に見る特殊な場所だったかも知れないのである。もしこの考えに誤りがなければ、近代日本の特殊性は一つの必然だったことになろう。

すでに述べた通り、才幹のある人ならどんな職業に就いていようと文明批評の仕事に手を染めることができるけれど、私は他の立場の人々の発言に着目するだけの余裕を持合せていないので、数人の文学者の手になる文明批評だけを調査して見ようと考えている。すなわち私のもくろみは文学を場にした文明批評の探求であるが、文学には文学固有の性格があることよりして、ここには幾つかの問題なしとしない。

第一の問題は文明批評という言葉が使用される、その範囲である。小説などで作者なり登場人物なりが同時代を評して、それはかくかくしかじかの点で優れているとか劣っているとか言ったりしている場合には話は簡単である。そういう作品の作者は一箇の文明批評を意図しながら制作したと見るべきである。勿論、その意図だけで文学作品が出来上る筈はなく、それと他の要素とのからみあいが作者の腕の見せどころであろう。

しかし私としては文学における文明批評をそのようなものに限定したくない。その中にことさら文明批評が含まれていない作品でも、その一部または全部が文明批評の域に達しているように見做されるのであれば、それをも論の対象にしたいというのが私の心境である。文明批評ということは背景的な人間観と世界観を抜きにしては成立ち得ないことを考える時、尚更そういう心持に誘われる。

ことによると鑑賞に耐え得る文学作品はそのすべてが言葉のきわめて深い意味において文明批評的なのかも知れない。しかし文明批評の語をそこまで拡張解釈すると、もう収拾がつかなくなってしまう。たとえば谷崎潤一郎の小説の幾つかが文学としてどれほどすぐれていても、私は谷崎を文明批評家として遇することにしようとは思わない。

第二の問題は作品の文学的価値のことである。或る作品をめぐって文明批評の見地から何かが言えるとしたところで、その価値が低ければ、文明批評的要素ばかり珍重するわけには行かないというものである。文学的価値にも配慮しなければならないが、それをしていると、そこには文学論の領域が現れずにはいない。私が書きたいのは文明批評論であって文学論ではないのだが、後者の支えを取払って前者を一人歩きさせることは無理である。

更にその上、厄介なことに、作品というものは、作者の生の在り方に密着している。比喩的に言えばそこには作者の体臭がまつわりついている。文学者によって行われる文明批評の中には彼の個がおそらく必要以上に見出だされるであろう。その点、文学者以外の人々による文明批評の方が透明度は高いかも知れないのである。

以上のことは詩や小説や随筆には当嵌《あては》まっても批評文には当嵌められないという意見もあるだろう。しかし文学者の中に批評家というものが存在し、彼等はそれぞれ自らの批評文を作品たらしめようとしていることを思う時、右に述べたようなことは批評文にも適用してよいのではないかというのが私見である。

読者諸氏への願い。話題が現下の状況に及んだり、私一箇の文明批評的主観に随したりすることがあったとしても、それは事柄の性質上致し方のないことであると考えて頂けるだろうか。

一 森鷗外

1　留学の遺産 ―「舞姫」「普請中」―

私達の間で外国への留学はいつ頃まで社会的な重味を持つ行為であったのだろうか。今の日本では留学は、若い学者が学問修行の一環として行うありふれた行為としか見られていないようである。それに留学生はその留学先が何処であれ、国際電話を使って故国の人々とたやすく話をすることが出来るし、まとまった休暇を取れば一時帰国をすることも可能である。

しかしかつては決してそうではなかった。或る時期までの留学は、風俗習慣はいうに及ばず何から何まで日本とは異なる別世界に行くことだったのである。親の死に目にあえないかも知れないくらいのことはもとより覚悟の上だった。

私は取敢えず過去百五十年間を近代日本として総括しているが、留学の一事に関しては、二つの文明を見た方がいいようにも思われる。

鷗外森林太郎の明治十七年から二十一年までのドイツ留学は勿論、留学が少数エリートにだけ許された人目を惹く行為である時代の産物だった。そして鷗外は帰国後の明治二十三年（一八九〇年）に、留学の決算としての面を持つ小説「舞姫」を発表した。

法律を学ぶ秀才の太田豊太郎は勤め先の役所の官長より、ドイツの法を調査し報告するようにと命ぜられてベルリンに留学し、当地の大学にも籍を置く。しかし豊太郎の中には「自由なる大学の風」の作用によって、それまで抑圧されていた「まことの我」が目覚め、彼は次第にその職務をおろそかにするようになる。そんな折しも、ふとしたことから、母親と二人暮しの貧しい舞姫エリスと知合って親しくする。やがて二人の関係は決定的なものになるが、丁度その頃、豊太郎の振舞に憤慨した官長は彼を免職する。豊太郎は友人相澤謙吉の世話で某新聞社の通信員という細々とした地位を得て、エリスと共同生活を営むようになる。エリスは妊娠する。そうこうしているところへ突然、相澤が大臣の天方伯に伴われてベルリンに姿を現し、豊太郎を伯に引合せる。豊太郎は天方の様々な用を弁じて、伯の信任を得る。遂に天方は豊太郎に、自分と一緒に日本に帰れば面倒を見てやろうと言い出し、豊太郎は二つ返事で承諾する。取りも直さずそれは事実上の妻のエリスを捨てることであり、豊太郎は甚だしい自責から来る懊悩の末、人事不省の病気に罹る。相澤から事の次第を聞かされて豊太郎の背信を知ったエリスは発狂する。病の癒えた豊太郎は狂える身重のエリスをベルリンに残して帰国の途に就く。以上が「舞姫」の梗概であるが、これは作者鷗外の自画像ではなく、自分を材料にした創作であろう。この二つは似て非なるものである。問題は、自分を材料にしたその度合である。それの大小がこの作品の文明批評的位置づけに何等かの相違を来すかも知れないからである。

主人公である太田豊太郎の性格設定（生来の臆病さ）はいささかの難を感じさせるが、これは文明批評論議を左右するほどの事柄ではないので、不問に付すことにしよう。

「舞姫」を以て明治時代の知識人の運命を端的に示す高度の文明批評的な作品と見做した評家の一人が中村光夫である。文明批評家としての中村光夫については別に論ずるつもりであり、ここでは彼の「舞姫」論だけを取上げることにしたい。

中村の見解は大略、次の通りである。明治の、特にその中期の知識人は自分の真実の声に耳を傾けて、内的な論理を貫こうとすることが出来ず、時代の功利主義と立身出世主義に屈服した。彼等は自分よりずっと大きくて非人間的な力の使用人たることに甘んじなければならなかった。「舞姫」の豊太郎が恋を捨てて故国での栄達を選んだことはその間の事情を象徴的に表している。

中村の読み方からは、彼が次の一節を重要視することは当然である。

嗚呼、獨逸《ドイツ》に來し初に、自ら我本領を悟りきと思ひて、また器械的人物とはならじと誓ひしが、こは足を縛して放たれし鳥の暫し羽を動かして自由を得たりと誇りしにはあらずや。足の絲は解くに由なし。曩《さき》にこれを操《あや》つりしは、我某省の官長にて、今はこの絲、あなあはれ、天方伯の手中にあり。

私には功利主義と立身出世主義が明治の世に忽然《こつぜん》として姿を現したとは思えないが、この二つの主義が猛威を振ったことはたしかだし、当時の社会、殊に官界に人性に反するところが多々あったことも事実であろう。そう考えると「舞姫」における中村の文明批評には一理も二理もあると言わなければならない。

しかし気に懸るのは中村が豊太郎の心理をそのまま鷗外に移しかえているらしいことである。豊太郎のようなことをしたら帰国後の日本社会でたとい高位顕官を極めようとも内心では終生苦しまなければならないというものだが、果して鷗外はそういう人であったのか。

ここで次の一節を読むことにしたい。

若《も》しこの手にしも縋《すが》らずば、本國をも失ひ、名譽を挽《ひ》きかへさん道をも絶ち、身はこの廣漠たる歐州大都の人の海に葬られんかと思ふ念、心頭を衝いて起れり。

文中の「この手」は天方伯を指している。豊太郎は天方から、「われと共に東《ひんがし》にかへる心なきか」と問われた時、こう感じたというのである。

この箇所から思わせられることを記すと、日本人以外のアジア人やアフリカ人は必ずしも豊太郎のように感じはしないのではないだろうか。一方、日本人は今日でも留学先で業を卒えるとさっさと日本に引上げてしまうことが一般的である。例外があることを重々承知の上で言うのだが、日本人は基本的にはよきにつけ、あしきにつけ日本の中でしか生きて行かれないようである。

これは文明的に見て重大なことであろう。日本は古来、孤立した自己充足的な単一文明であり、このことが日本人のそういう民族性を形作ったのだろうと思われる。

豊太郎は鷗外の分身であろう。それは疑えないことであるとして、分身は一人でなくてもよい筈である。彼の分身は他にもいたのだと考えた方がよさそうである。

中村光夫の「舞姫」評が正しければ、鷗外はその意図を何がしか超えた文明批評的名作を世に送り出したことになる。それは作品にとっても、その作者にとっても、すこぶる名誉なことだと言うよりほかはない。

鷗外は「舞姫」より二十年後の明治四十三年（一九一〇年）に留学の後日譚とも称すべき短篇小説「普請中」を発表した。

渡邊参事官は若い頃、留学先で親しくしていたドイツ人女性と偶然日本で再会し、築地の精養軒ホテルで夕食を倶《とも》にすることになる。折しも同ホテルは普請中、すなわち改装工事の最中だった。

昔馴染みの女が約束の時刻に合せて来るのをホテルの控の間で待つ間の渡邊の心理は次のように叙されている。

不思議な事には、渡邊は人を待つてゐるといふ心持が少しもしない。その待つてゐる人が誰であらうと、殆ど構はない位である。あの花籠の向うにどんな顔が現れて來ようとも、殆ど構はない位である。渡邊はなぜこんな冷澹な心持になつてゐられるかと、自ら疑ふのである。

いくらそれを「自ら疑ふ」にしても、渡邊の「冷澹な心持」、言換えれば彼の心の冷たさを、女との会話が始まる前から読者の前にさらけだしていいのだろうかとも思うが、読者としては渡邊の精神の在り処のあらましをこの不作法から薄々感知することが出来るという利点がこの叙述にあることは争われない。

それに渡邊は女に対してだけでなく、同時代の日本文明に対しても冷たいのである。彼は控の間の掛物の数々がその部屋にはそぐわないことを感じて、「日本は藝術の國ではない」と呟いている。

さて表題の「普請中」であるが、この語は本文中で二度使われている。「大さう寂しい内ね」（女）、「普請中なのだ。さつき迄恐ろしい音をさせてゐたのだ」（渡邊）。これが最初であり、ここには何の問題もない。しかし暫くしてから渡邊が女の旅の予定に関連させて、「日本はまだそんなに進んでゐないからなあ。日本はまだ普請中だ」と言う時、普請中という、平凡過ぎるほど平凡な日本語は俄然、象徴的、文明批評的な意味を帯びる。日本は近代国家として未完成だというのである。これは言葉の実に巧みな転用であろう。

作の終り近くに次の一節がある。

女が突然「あなた少しも妬《ねた》んでは下さらないのね」と云つた。チエントラアルテアアテルがはねて、ブリユウル石階の上の料理屋の卓に、丁度こんな風に向き合つて据わつてゐて、おこつたり、中直りをしたりした昔の事を、意味のない話をしてゐながらも、女は想ひ浮べずにはゐられなかつたのである。

作者はこれに付加えて、女は冗談めかして言うつもりだったのが真面目な声になったので「悔やしいやうな心持がした」と記してゐる。

「普請中」は渡邊参事官という三人称に基きながらも私小説風の書き方をした作品であり、渡邊の心理から離れて相手の女の心理だけを描くことは原理的には好ましくないが、鷗外はそういう破格を敢えて選んだのであろう。そうしなければ作意を全うすることが出来ないと思做したのであろう。

これ以上の引用は省くが、渡邊は女が縒《よ》りを戻したがっているらしいことを最後まで無視している。これは何を意味するか。渡邊が豊太郎の後身であるのなら、彼は青年時代の自分を裏切ったことになるが、そう考えてよいのだろうか。

一切の鍵は普請中という語の中にある。これは冷酷な官吏の物語ではない。そんなものには三文の価値もない。渡邊における心の冷たさは明らかに性格的なものではないのである。日本は普請中であり、それだからこそ自分はその普請に全力を傾けなければならないという決意が渡邊のすべてであり、その心理の下では青春の日々の情感にかかずらってはいられないのだ。

ここで分身という言葉を蒸返せば、豊太郎がそうであったように、渡邊も鷗外の分身である。もとよりこれは相反する分身であり、一人の人間が二人の正反対の自分をかかえこんだことは不思議である。

「普請中」の翌年発表の「妄想」では、留学の終了に際して、ドイツを便利な国、日本を夢の故郷と見做し、願望の秤にこの二つをのせた時、その秤は、「便利の皿を吊《つ》った緒《を》をそっと引く、白い、優しい手があったにも拘らず、慥かに夢の方へ傾いた」という、「舞姫」寄りとも「普請中」寄りとも取れる言い方がされている。

普請中として表された文明批評を鷗外死後の現代に及ぼせば、日本は今でもまだ普請中である。そのことに誰も気付こうとしないだけの話である。

2　国家と個人の間 ─「沈黙の塔」「かのやうに」─

公権力が個人の上にのしかかって、その自由を奪おうとする時、権力はどのような方法でそれをするのか、そして個人はそれをどう迎え撃つのかということは一つの文明批評の課題たり得るであろう。

前項で取上げた「普請中」と同じ明治四十三年発表の「沈黙の塔」は当局の言論弾圧を諷した作品である。そもそも近代日本文学は諷刺の要素に乏しく、鷗外もそれを得意にしてはいなかったようであるが、その割には「沈黙の塔」は小じんまりとしたまとまりを持つ、しゃれた好短篇である。

海に臨むマラバア・ヒルにある沈黙の塔にパアシイ族の死骸が次々に運ばれて行く。それはパアシイ族の間で同胞によって殺される人が跡を絶たないからである。何故そうなるのかといえば、社会に害毒を流す危険なる洋書を読む連中を生かしておくわけには行かないのだった。

明治四十三年は大逆事件が起った年である。いうまでもなくこれは政府が数百名の社会主義者と無政府主義者を一斉に検挙し、翌明治四十四年に幸徳秋水以下十二名を大逆罪で処刑した事件である。鷗外は高級官僚として体制の内側で生活していたが、それを外側から見て批評することの出来る文学者でもあったから、政府のこういう形での強権発動に少なからざる衝撃を覚えた事は確実である。彼はその衝撃に促されるようにしながら「沈黙の塔」を執筆したのであったろう。

しかしそこまでは言えても、結果として出来上った作品を大逆事件と過不足のない対応関係に置くことは無理である。パアシイ族の間で悪者扱いされているのは社会主義者や無政府主義者だけでなく、文藝上の自然主義者も安寧秩序の紊乱《びんらん》と風俗壊乱の故を以て同罪とされている。そしてこれらの悪しき主義を媒介したのは洋書だという論法で、一切の外来思想を敵視するに到るのである。

大逆事件に即して考えれば鷗外は社会主義者でも無政府主義者でもなかったし、天皇暗殺というが如き企てに――それが実際にあったと仮定して言うのだが――帝室尊崇家の鷗外が同調する筈もなかった。

鷗外がパアシイ族という架空の種族にこと寄せて描いたのは言論弾圧が行き着く先の地獄図だった。当時の日本にその地獄を仄見《ほの》させる様相は存していたと言わなければならない。前年の明治四十二年には新聞紙法が制定されて言論統制が強化され、鷗外自身その「ヰタ・セクスアリス」を、性のことを題材にしたからというだけの理由で発売禁止処分にされ、役所の上官から厳しく咎められている。

問題は言論を取締まらなければならない、その動機である。それは何等かの程度において人間的な、斟酌《しんしゃく》すべきところのあるものなのか、そうではないのか。その点が明らかにされれば、それは文明批評と言えるであろう。

この問題の追求に先だち、事柄を一般化して述べれば、日本人は古来、外国産のものはむやみにありがたがる一方、日本人は日本固有のもので間に合せればいいのだとも考えがちな少しく不思議な民族である。六世紀の崇仏派と排仏派の争いで排仏派は仏を蕃神として罵っている。十六七世紀のキリシタン迫害の主動機は当時の為政者が宣教師の背後にヨーロッパの侵略的な国家権力の策謀を嗅ぎ取ったことだろうが、その迫害の底には日本の国土からデウスの教を駆逐したいという願望が横たわっていたに違いない。下って天保十年（一八三九年）には鳥居耀蔵の蛮社の獄によって渡邊崋山、高野長英といった洋学者が罪に陥れられている。

大逆事件に前後する時期の鷗外が直面した事態は外来思想の排斥そのものではなかったにしても、それと無関係ではなかっただろうと思われる。今日の私達の眼には明治末年の日本人は様々の外来思想に揉まれてかなりソフィスティケートされていたように見えるが、それは一部の限られた人々の間でのことであり、国民的レヴェルでは身辺に夷狄の教養を寄せ付けたがらない気風が強かったのではないだろうか。朝日新聞は新聞紙法の制定を受けて「危険なる洋書」という記事を連載したのだそうである。

さてパアシイ族が洋書を危険な外来思想の媒介物と見做し、それを読む者を殺して憚らないことの真の動機をこの作品の作者は如何なるものと考えているのか。鷗外は藝術も学問も因襲を破って進んで行くところに価値があることを幾多の実例を挙げて説いた後、次のように記している。

藝術も學問も、パアシイ族の因襲の目からは、危険に見える筈である。なぜといふに、どこの國、いつの世でも、新しい道を歩いて行く人の背後には、必ず反動者の群がゐて、隙を窺つてゐる。そして或る機會に起つて迫害を加へる。只口實丈《だけ》が國により時代によつて變る。危險なる洋書も其口實に過ぎないのであつた。

鷗外の作品の断片にしか接したことがない読者は彼を旧套墨守の人と思做すこともあるだろうが、それがそうではないことはこの一節にはっきり表されている。ここでは日本文明の中に、或は日本人の生き方の中に、時代の如何を問わず、ないとは言えない退嬰《たいえい》的性格が指弾されている。私達は将来、万が一にも、パアシイ族の間で起ったのと似たようなことが日本で起ったら、この一節を頂門の一針として想い起すべきであろう。

古い文明はおおむね歴史の他に神話を持っている。その歴史と神話の関係はその文明の在り方に多かれ少なかれ作用すると考えてよいだろう。

明治四十五年発表の「かのやうに」は歴史家たらんとしている華族の青年・五條秀麿を主人公にした小説である。秀麿はドイツ留学を終えて帰国した男であるが、彼をとらえているのは女性問題ではなく思想問題であり、従ってこの作品を「舞姫」や「普請中」と同列に置くことは出来ない。

秀麿は国史の叙述に筆を下したいと願いながら、帰国後一年たってもそれに着手することの出来ない足踏み状態を続けている。神話は歴史ではないというのが彼の基本的な立場であるが、その立場を生かした仕事に着手することは周囲の事情が許しそうにないと感ぜざるを得ないのである。何も神話とそれにつながる信仰を軽んじているわけではない。秀麿には次のような思量がある。

先づ神話の結成を學問上に綺麗に洗ひ上げて、それに伴ふ信仰を、教義史體にはつきり書き、その信仰を司祭的に取り扱つた機關を寺院史體にはつきり書く方が好さそうだ。さうしたつてプロテスタント教がその教義史と寺院史とで毀損《きそん》せられないと同じ事で、祖先崇拝の教義や機關も、特にそのために危害を受ける筈はない。

これだけのことをして、「それが濟んだら、安心して歴史に取り掛られるだらう」と秀麿は思いながら、いざとなると、惹き起されるであろう摩擦のことを考えて、右のもくろみを実行に移すことがどうしても出来ない。わかりやすく言えば、彼はタブーの前でたじろいでしまうのである。これは文明にとって重大な問題であろう。

ここで明治維新の結果として出来上った国家の成立ちについて、ごく大雑把にではあるが、考えて見ることにしたい。明治国家は神道的原理に基くところの、天皇を戴く神権国家であったろう。こう書いてすぐ誤解を防がなければならないのだが、これは天皇が神としての権力を行使したという意味では毛頭なく、天皇を取囲む環境が神権的性格を帯びていたということに過ぎない。

私は「沈黙の塔」について述べながら、日本人の傾向として、外来思想に飛びつきやすい反面、それを斥《しりぞ》けて純日本的な思想を拠り所にしたがることをも、いささか否定のニュアンスを籠めて指摘したが、視点をずらして考察すると、少なくとも国家の次元では、それは咎めらるべきことではないようにも思われる。国際社会の中で諸外国に伍して生き延びるためには（あまり使いたくない外来語であるが）アイデンティティーが必要であり、それを自国の中に求めて悪かろう筈がないからである。

なるほどそのようにして採用された国家原理はフィクションであろう。しかしそれを言い出したら、キリスト教国やイスラム教国がそれぞれの国家経営の礎にしている宗教にしたところでフィクションではないか。平和国家というが如き、フィクションを持たない国家の方がよほどおかしいのである。

明治国家の神道的原理には早い時期に幾つかのひびが入ったことを見落してはならない。大宝令を模して作った神祇官は長続きしなかった。神仏分離令に発する廃仏毀釈運動はいっときの「暴挙」として終った。その上、政府は徳川幕府のキリシタン禁止政策を踏襲しながら、欧米諸国の激しい抗議に出会って、明治六年にキリシタン禁止の高札を撤廃しなければならなかった。

が、それにもかかわらず、歴史の源に神話を置く発想は昭和二十年（一九四五年）の敗戦まで維持された。問われなければならないのは国家の原理にまで高められたフィクションの質である。それは自らと相容れない要素を許容する雅量をどの程度に持合せているのか。この点では明治の日本が充分だったとは到底言えまい。秀麿の苦衷はもっともなのである。とはいえ日本のやり方を、盛時の一神教文明――その中に共産主義のような擬似一神教文明を含めてもよい――に見られる異端審問のすさまじさにくらべると、日本の場合の方がずっとおだやかだったことは明白である。

「かのやうに」は父と子の対立というテーマをもかかえこんだ作品である。父の五條子爵は子の秀麿の前で、「どうも人間が猿から出來たなんぞと思つてゐられては困るからな」と言ったりするような人であるが、子爵の独白部分を読むと、彼と秀麿の間に際立った相違はないことに気づかされる。「今の教育を受けて、神話と歴史とを一つにして考へてゐることは出來まい」というのは子爵の言葉である。彼は更に、「誰も誰も、自分は神話と歴史とをはっきり別にして考へてゐながら、それをわざと擣《つ》き交《ま》ぜて子供に教へて、怪まずにゐるのではあるまいか」とすら考えている。この科白は当時の人々が政府主導の歴史解釈を肚の底では信じていなかったことを示していて興味深い。

五條家は皇室に近い家柄であり、それだけに子爵は息子がなるべく穏健な思想を養って国家有用の人材になって欲しいと願うのだった。そして秀麿は父親のそれだけの態度から圧迫を受けて、自分の希望する方向に進み出ることが出来ないのだった。

この作品は秀麿が友人の前で「かのやうに」の理論を力説するところで終っている。価値あるものはすべて意識された嘘であるが、それを嘘ではないかのやうに振舞うことが肝要だというのである。「僕は人間の前途に光明を見て進んでいく。祖先の靈があるかのやうに背後《うしろ》を顧みて、祖先崇拜をして、義務があるかのやうに、徳義の道を踏んで、前途に光明を見て進んで行く」。これは読者の間で賛否が分れる議論であろう。

文明は国家にもその中の個人にもかかわるものであり両者を相互連関の形でとらえることを能くした作品は、言葉の多少広い意味での文明批評的作品であるといえよう。「かのやうに」はそういう作品である。

明治体制の神権国家的性格はその赴くところとして、昭和の戦争の時代には天皇を現人神と称えさせ、遂に「宇宙絶對の神」（昭和十九年の小磯國昭首相の言葉）と呼号させるに至った。そしてその後に現れたのはいうまでもなく神話の完全な失墜という現象である。私などは神話は歴史的事実ではないまでも基底部でそれに通じる象徴的事実であり、その神話を尊重しない手はないという考えである。神話を近代日本の両極端から解放して真にその所を得せしむべきだという課題を、「かのやうに」における鷗外の文明批評は私達に投げ掛けているような気がする。

3　異邦人の眼に曝された日本 ―「人種哲學梗概」「黄禍論梗概」―

私見から先に記すと民族と民族の間には、そして文明と文明の間には本能的な敵対意識が働くらしい。勿論、異民族や異文明と友好関係を結ぶことが出来れば、それに越したことはないわけであるが、その場合にも底流をなす相手への憎悪や侮蔑の念はなくならないようである。研ぎ澄まされた国際感覚というものがその間の事情に通じていることを意味するのなら、近代の日本人は最も鈍感な民族であろう。私達は善意を以て外国を知ろうと努めながら、外国が日本を見る眼、特にその根元的な悪意を容易に感じ取ろうとはしなかった。なるほど大東亜戦争の時期には鬼畜米英というスローガンを発明したが、戦争が終ると元の杢阿弥に戻った。

もっともこのことで近代に限られた日本人を責め立てる事は明らかに正しくない。何故といって私達の国際感覚は過去数千年の歴史がもたらしたからである。往時の日本人にとって外国人はすぐれた文物をもたらす客人か、救いを求める避難民であり、人々が日本の国土で、独自の権利を主張する異民族集団と対峙したことはなかった。

ここで文明批評が及ぶ範囲について考え直すと、文明批評的な意図の下で出来上った作物を相手にして何かを述べることはそれもまた文明批評と言えるであろう。歴史や国際関係を背景にして人種の優劣を論じたり、或る人種の危険性を説いたりすることは、文明が特定の地域に限定されていないという意味で幅の広い文明批評というべきであるが、鷗外は明治三十六年（一九〇三年）の二つの講演筆記に基く論文の中で、そういう文明批評を受けて立っているのである。

明治三十六年は日露開戦前夜の、内外ともに緊迫した年であったが、鷗外の手になる「人種哲學梗概」はフランスの外交官・ゴビノオ伯（一八一六―一八八二）の人種論を紹介し、それにいささかの批評を試みたものである。ゴビノオはフランス人にしては珍しく、ドイツ語にも通じていて、晩年にはドイツの音楽家ワグネルと親しく交わり、伯の人種論はその方面から知られるようになったのであるという。

ゴビノオの人種論は開化の一事を中心にして進行する。伯によれば世界史には十の開化があり、その中の三つは新世界の、但し時代が古い開化であるが、残る七つは旧世界の開化であって、それを造り出したのはすべてインド・ヨーロッパ語族の一派たるアーリア人なのである。

ゴビノオの議論が眉唾物であることは、この七つの中に支那人が含まれていることから知れるであろう。鷗外も、「伯がもつと長生をしたら、日本人種にARIA人種の血がはいつて居るといふ證據を尋ねねばならぬやうになつたかとも思はれ枡《ます》」と皮肉っている。支那の開化はインドのアーリア人と西北から入って来た白人がなし遂げたのだという伯の主張を支那中国の真面目な研究者はどんな気持で読むだろうか。

ゴビノオにして見れば開化の源は本能と血統である。この内の本能について述べれば、それには二種類あって、支那人やローマ人は物的本能に卓《すぐ》れ、インド人やギリシャ人は心的本能に卓れている。しかしそれらの本能に卓れているだけではまだ駄目であり、開化を実現させるためには、隣国を支配して、その本能をその国の民に及ぼさなければならなかった。ところがそこに混血という困った現象が起る。それは開化の力を弱める。開化を維持するためには何としてもアーリア人種の血統を守らなければならないと伯は言うのである。

鷗外が要約したゴビノオの人種論の中で一番わかりやすいのは黒人と黄色人と白人を比較し

た箇所であろう。曰く、黒人は体力が中等であり、形体には美がなく、嗅覚と味覚は発達しているが、食を選ばない。喜びも悲しみも極端であり、意志は猛烈であり、智恵は平凡である。残虐な事を無意識に行う。この人種には開化する力も開化される力もない。曰く、黄色人は体力が弱く、やはり美はないが、食は選ぶ。意志は弱く、理解力は高くも低くもない。欲張りであり、生命と自由を少しは尊重する。この人種は他を開化する力を持たないが、開化されるだけの力は持っている。曰く、白人は人類として正常な体を備え、体力も強い。形体上の美を専有している。覚官や感情は黒人や黄色人に劣るが、意志は非常に強い。何事においても意力と智力とが手を取合っている。高尚な利益を追求し、生命を尊重するが、残虐なことを意識的に行う。自由を尊重し過ぎるきらいはあるが、黒人も黄色人も知らない栄誉を知っている。開化する能力と開化される能力を持合せているのはこの人種だけである。

ざっと以上の通りであるが、この議論は白人の意識的な残虐行為に関する指摘を除外すれば、ヨーロッパの一般大衆がそれを行うのならともかく、知識人の言葉としてはあまりにも一方的であり、粗雑である。鷗外も、「我田に水を引いた、身勝手の思想」と述べている。しかしこれを一ゴビノオの妄言として嗤《わら》ってばかりはいられないところにおそらく問題はあるのだろう。

強いてゴビノオのために弁ずるとすれば、伯がヨーロッパ文明の現状に危機感を抱いていることは多少の評価に値するかも知れない。ヨーロッパの没落は十九世紀から二十世紀に掛けて心ある思想家達を悩ませたテーマであり、大甘に採点すれば、ゴビノオのような御粗末な思想家もその系譜の最初の方に位置づけることが出来るかも知れない。現代ヨーロッパの開化は上流人士の間に偏していて、下層の人民はそれにあずからず、このままではその開化は破壊されるかも知れないとすら伯は述べている。

しかしそれにしても昔のインドのバラモン教徒やホメロスの詩の中のギリシャの英雄や古代ペルシャの詩の中の英雄やスカンディナビアの古代の軍人のような「純血の人」がいなくなったのは、「不幸にして他の人種と血が混つたから、昔の白人より今の白人が劣つて居るやうになつた」からだろうか。ゴビノオのこの嘆きは私達が古えの日本人の瞠目すべき姿を知った時――鷗外の歴史小説の中にもそういう日本人は何人か登場しているが――何故今の日本人はそうではないのだろうと嘆く、その嘆きに似ているともいえよう。しかし私達は日本人がそのように平俗化したことの理由は血液の混淆の中にはないことを知っている。

ゴビノオがその人種哲学を構築した頃、日本はまだ国際社会の一員ではなかったが、それに接した鷗外が日本の運命に思いを致したことは間違いがない。鷗外は伯が新世界の開化の一つと見做したペルーについて、「(インカ帝国は) 随分道徳を重んずる國であつたのを、西班牙人《スペイン》が詐術を以て滅したので、ム《ござ》り舛《ます》。又此國王は日輪の子孫と稱して居ました。私は昔始て彼國の滅亡の歴史を讀んだ時、ぞつとしました」と述べている。そして鷗外は拙稿で次に取上げる「黄禍論梗概」の例言（明治三十七年三月）の中にこう記した。

人種哲學梗概を評するものの或は謂《い》へらく。此《かく》の如き白人自尊の論は、之を讀みて興味なしと。是れ予の梗概を作りし本意と正に相反せり。予は讀者をして、白人のいかに吾人を輕侮せるかを知らしめんと欲せしなり。それ侮《あなどり》を受けて自ら知らざるもの、争《いか》でか能く侮を禦《ふせ》ぐ策を講ぜん。

ここには文明批評家が時と場合に応じて憂国の士でもあることが端的に示されている。そして鷗外はゴビノオ的な人種思想が長続きしないであろうことを予測している。たしかに現代の欧米人の中にそれに全面的に同調する人はほとんどいないだろう。が、それならゴビノオ的な感覚はなくなったと言えるだろうか。私達は鷗外以後の時代において欧米人の反日的な行動や発言に何度も接している。ゴビノオに見られる文明批評の亡霊は今日尚消滅してはいないと思われる所以である。

ドイツ皇帝ヴィルヘルム二世が黄禍論を唱えたことはよく知られているが、その背後には平均的ヨーロッパ人の感情があったのに相違ない。支配者である彼等は（無理からぬことではあるが）黄色人種が被支配の地位に甘んじていることから嫌悪と侮蔑の念を掻き立てられたであろうが、そこへ日本人だけが欧米型の国家を樹立し、日清戦争にも勝利を収めるのを見て、その嫌悪と侮蔑はあからさまな反感の域にまで高まったのだろうと想像される。そうすると黄禍の黄は実質的には日本を指すことになる。鷗外も先に引いた例言の中で、「日露の戰は今正に酣《たけなは》なり。而して我軍愈《いよいよ》勝たば、黄禍の勢愈加はるべし」と述べている。

それにしても鷗外がその紹介に努めたサムソン・ヒンメルスチエルナの「道徳問題としての黄禍」は随分奇妙な書である。論者は一応のところ、支那が日本のように動き出したら大変なことになるという言い方で日支双方に黄禍を見ているが、そのような結論を導き出すまでの日支比較論では徹底的に支那を讃美し、日本を罵倒している。論者が支那に入れ上げるその熱っぽさは文明開化期の多くの日本人に見られた西洋崇拝の激しさに似ているような気がする。

論者は次の諸点で日本と支那を比較している。精神上の能力、道徳、宗教、軍事的気風、政治、教育、農業、商工業、開化。

この中から教育を取出すと、「教育は日本では下層迄行き渡つては居ない。支那では極低い処まで教育が行き渡つて居る」という、私達の常識とは正反対のことが論者の見解である。これには典拠が示されているので鷗外がその原本に当って見たところ、「日本の下級人民は佛教の儀式を知つて、其精神を知らぬ」と書いてあるに過ぎないのだそうである。論者はよほどそっかしい人と見える。

しかしこの程度はそそっかしさですませられるとしても、次のことになるとそうは行かない。

日本の開化は、國民が自分で作った開化ではない。歐羅巴の開化を學んだのだ。然るにその歐羅巴の開化の學び方が不十分であった證據には、長い間治外法權を廢さうと思つて、西洋諸国と交渉しても、東亞細亞に居て、日本の事情に通じて居た洋人が容易に同意しなかつたので知れて居る。支那の開化は實に驚くべきもので、皆支那人自己の脳髄から出たものだ。

それなら日本はヨーロッパの開化をどのように学べば治外法権を撤廃してもらえたのだろうか。また「自己の脳髄から出た」申し分のない開化を成就させた支那は何故日本とは違って列強諸国に蚕食《さんしょく》されなければならなかったのだろうか。

ゴビノオと同じくヒンメルスチエルナの場合にも、彼がヨーロッパの現状に不満を抱いていることに眼を向けておくことにしよう。この論者は日本人と支那人がヨーロッパを憎むのはキリスト教の宣教師が悪かったからだと言ったり、ヨーロッパは支那に干渉せずにそれを支援してその政府をもっと強力にさせるべきだと説いたりした後、支那の道徳は宗教から離れた完全無欠なものであり、ヨーロッパも宗教の力を排して支那風の道徳を確立すべきだと述べている。論者の見るところ、支那は古来王道の下で見事に治まっている国であり、プラトンの理想国を彷彿《ほうふつ》とさせるのである。

このように論者は生かじりの安っぽい文明批評家として振舞っているが、それにくらべると鷗外の文明批評がやや生彩に乏しいのは敵として選んだ相手が偏頗《へんぱ》だったからではあるまいか。同じ選ぶのならもっとまともな黄禍論を選んでもらいたかったと言いたくなるが、これは言っても詮の無いことである。

ところで私は論者の支那讃美と日本罵倒の中に、ヒンメルスチエルナも鷗外も直接的にはあずかり知らない象徴的な意味が隠されているように感じている。日露戦争以後の歴史において欧米諸国は支那には甘く、日本には冷たかった。このことは昭和の歴史の在り様と重大な関係を持っている。

黄禍論をめぐる応酬ならともかく、それを超えた複雑にして微妙な国際関係の如きは文明批評の領域外だという意見もあるだろう。しかし国際政治の力学とそれに伴う人間心理の綾の考究は、文明論的立場を忘れさえしなければ、高次の文明批評と言えるのではないだろうか。こう言っておいてすぐさま次のように付け加えるのはうしろめたいが、拙論はそこまで踏み込もうとするものではない。

4　交錯する過去と現在 ―「妄想」「澁江抽齋」その他 ―

本書の1でその一節を引用した「妄想」（明治四十四年）は鷗外の思考と体験を架空の人物に託して物語った作品であるが、主人公は都会改造と食物改良と仮名遣改良の議論で保守的な態度を執って、故郷の人々を失望させたという。

都会改造の議論では東京の家屋をアメリカ風の高層建築にしたいという主張に対して、「都會といふものは、狭い地面に多く人が住むだけ人死《ひとじに》が多い。殊に子供が多く死ぬる、今まで横に並んでゐた家を、竪に積み畳《かさ》ねるよりは、上水も下水も改良するが好からう」と述べた。また外観の美を成すため東京の家屋の高さを同じにしようという主張に対しては、「そんな兵隊の並んだやうな町は美しくは無い、強ひて西洋風にしたいなら、寧ろ反對に軒の高さどころか、あらゆる建築の様式を一軒づつ別にさせて、ヱネチアの町のやうに參差錯落《しんしさくらく》たる美觀を造るやうにでも心掛けたら好からう」と述べた。

鷗外の著作でこの記述に見合うのは明治二十一年（一八八八年）の「日本家屋説自抄」と翌二十二年の「市區改正ハ果シテ衛生上ノ問題ニ非サルカ」である。ここで「日本家屋説自抄」に一瞥を与えると、これは鷗外がベルリンで作成し、同地の学会に提出した論文を自ら抄したものである。鷗外はその中で日本家屋の構造、間取り等々を説明してその長所と短所を論じ、都会の全面的な改造を図るのなら地中汚水の排除と給水法の改良が急務であると述べている。「若し然ること能はずんば舊に依て日本屋に住するに若かず」。いずれ東京で実現する事になる高層建築の群は鷗外に言わせれば「止むを得ざるの劣策に出でたる改革の結果」である。

食物改良の議論では、「妄想」から引用すれば、日本人に米食を廃《や》めさせて牛肉を食わせたいという意見を受けて、主人公要するに鷗外は、「米も魚もひどく消化の好いものだから、日本人の食物は昔の儘が好からう。尤も牧畜を盛んにして、牛肉も食べるやうにするのは勝手だ」と切返している。

鷗外は明治二十一年の「非日本食論ハ將に其根據ヲ失ハントス」の中で、日本食否定の風潮に抗して、日本人の素食（野菜中心の食事）は西洋人の肉食に劣っていないし、そもそもこの二つは見かけほど異なっていないと力説している。ところでこの論文の次の一節は、話の本筋からは少し離れているが、文明批評の見地よりすると大層興味深い。

（大多數ノ日本人ハ米ヲ常食ニシテヰルトイフノニ）心中ニハ常ニ惴々慄々トシテ我等ハ止ムヲ得ズシテ惡食ヲ食ヒ自ラ安ズルモノナリトノ念ヲ爲シ歐米ノ民ヲ覩ル事恰モ天ヨリ特ニ福祉ヲ享ケタル人ノ如クナルハ豈憫ムベキノ甚キニ非ズヤ

ここでは近代日本人の精神の暗部であり、百二十年後の今日でもまだ改まっていない盲目的な欧米崇拝が手厳しく批判されているといえよう。

仮名遣改良の議論では、コイスチヨーワガナワと書くべきだという考えに、「妄想」の鷗外は、「いやいや、Orthographie《オルトグラフイイ》はどこの國にもある、矢張コヒステフワガナハの方が宜しからう」と反論している。これは極めて重大な指摘であり、それだけにこの問題はここでは素通りして、拙論の他の箇所で他の論客に語らせることにしたい。

さて鷗外は自然科学の実験室での営為を背景にしながら、以上の事を締括って、「正直に試驗して見れば、何千年といふ間滿足に發展して來た日本人が、そんなに反理性的生活をしてゐよう筈はない。初から知れ切つた事である」と言い切っている。蓋しこれは鷗外の文明批評の中でも白眉の言であろう。これさえあれば他の文明批評はなくてもいい位である。

鷗外は保守という言葉を持出しているが、この場合の保守は守旧の謂《いい》ではない。鷗外は改良そのものに反対しているわけではなく、改良を目指すのなら、それに先立って、過去の日本人の生活は誤りだったという迷妄を捨てろと促しているのではないか。私にはそのように思われる。

私は拙論の序の中で、作品そのものが文明批評的と見做され得る場合には、それも取上げるつもりだと述べたが、私見によれば鷗外の「澁江抽齋」はそういう作品である。鷗外の史傳第一作として知られるこの作品は大正五年（一九一六年）に百十九回に渡って新聞に連載された。徳川時代の武鑑を検している間にふと知った抽齋澁江道純の事蹟を、抽齋と道純が同一人物であることすら知らない状態から調べ始め、彼の子孫にもめぐり合って、遂に弘前藩の定府（常に江戸にいること）の医官であると同時に儒者、考証学者でもあったこの先達の全貌を明らかにするに至るまでの経緯はまことに興味深い。とはいえこの作品の中に直接的な意味での文明批評的言説がさほど含まれていないことは事実である。が、その実例を二つほど次に記しておく。

抽斎は劇の大変な愛好家であったが当時の人にして見ればそれは道楽でしかなかったと述べた後、鷗外は次のように記している。

啻《たゞ》に當時に於いて然るのみではない。是《かく》の如くに物を觀る眼は、今も猶教育家等の間に、前代の遺物として傳へられてゐる。わたくしは嘗《かつ》て歴史の教科書に、近松、竹田の脚本、馬琴、京傳の小説が出て、風俗の頽敗を致したと書いてあるのを見た。

古来、風流を解するとされて来た日本人の案外な反風流的性格がここでは浮彫りにされている。ちなみに鷗外は抽斎が角兵衛獅子を見たがったことに言を及ぼして、「これが風流である。詩的である」と言っている。

次は教育の問題である。今の教育は官公私立の学校の集団教育だけであり、その弊害を改めるには個人教育の方から学ぶしかないのだが、「是に於て世には往々昔の儒者の家塾を夢みるものがある。然るに所謂《いはゆる》藝人に名取の制があつて、今猶牢守せられてゐることには想ひ及ぶものが鮮《すくな》い」という所見を鷗外は披瀝《ひれき》している。徳川時代の日本人の骨格を形作った個人教育が明治大正の世においては社会の片隅の藝事の世界に生き長らえているというわけである。

ここで史傳「澁江抽齋」がその部分部分よりはむしろ全体として文明批評のふくらみを持っていると考えられる所以を明らかにしなければならないが、そのためにはこの作品の基本構成に眼を向ける必要がある。作者は作がその半ばを過ぎたところで次のように記している。

大抵傳記は其人の死を以て終るのを例とする。しかし古人を景仰《けいかう》するものは、其苗裔《べうえい》がどうなつたかと云ふことを問はずにはゐられない。そこでわたくしは既に抽齋の生涯を記《しる》し畢《をは》つたが、猶筆を投ずるに忍びない。わたくしは抽齋の子孫、親戚、師友等のなりゆきを、これより下《しも》に書き附けて置かうと思ふ。

これは反論の余地のある主張である。そんなことをして万一抽齋の偉業にひびが入ったらどうするつもりかと或る人は言うだろう。また或る人は、抽齋没後の人々の美徳や悪徳の如きは抽齋とは何のかかわりもないと言うだろう。

当面の問題における常識的見解はこんなところだろうと思われるが、もし鷗外がこの「常識」を受け入れていたら、「澁江抽齋」がその文明批評的価値の過半をなくしていたことは確実である。鷗外は安政五年（一八五八年）の抽齋の死から大正五年の現在に至るまでの、五十年以上に及ぶ「抽齋の子孫、親戚、師友等のなりゆき」を差障りのない限り書き記しているが、このやり方によって私達の前には二つの文明が対比される形で姿を現した。一つは抽齋がその中を生きた徳川時代の文明であり、他の一つは鷗外が身を置いている明治大正時代の文明である。

もとより文明批評は原理的には一つの文明に即して行われるが、相接する二つの文明がそのあらゆる相違にもかかわらず連続していることを示して、それらがいわば形影相照し合う様を表すことをよくなし得たら、そこには通常のそれとは趣きを異にした文明批評が成立していると考えてよいのではないだろうか。「澁江抽齋」は単なる抽齋の傳記ではなく、文明が交替する姿を描破した作品でもあるように見える。

抽齋の子孫の内、彼に近い人々は当然のことながら二つの文明を経験したのであり、彼等の生の中には両文明の角逐《かくちく》が暗示されているといえよう。抽齋の嗣子で鷗外に執筆の材料を提供した澁江保は維新後、父とは違って職探しに苦労しなければならなかった。やはり抽齋の子である優善は父の存命中には鼻つまみの蕩児でしかなかったが、維新後は微官とはいえ官途に就いて継母に孝養をつくす好人物に成り変っている。これら個人の運命を抱え込むようにしながら、古い文明は新しい文明に取って代わられて行くのである。

鷗外は両文明の一方を是として他方を非とするような態度を執ってはいない。そんなことをしていたら、この作品から文明批評は姿を消していただろう。あくまで新しい文明の側に身を置きながら、尚、古い文明の諸相を愛惜の念と共に明るみに出しているのである。八つ当たりめくが、大東亜解放のための聖戦であった筈のものを、あれは侵略戦争だったなどと言い出すのとは大違いである。

文明批評家としての森鷗外が私達に語り掛けるものはぎりぎりのところ何であろうかと考える時、それは日本人としての覚悟のようなものだという結論を私は出したくなる。日本のいわゆる近代的な状況は不可逆のものであり、私達は不便を忍んでそれにつきあわなければならないが、その際、その背後にある日本人の過去を妄《みだ》りに否定してはいけないというのが鷗外の教訓なのではあるまいか。自国の過去を自分勝手なやり方で扱うと私達の足元は崩れる。過去は尊重されなければならない。但しこの場合の尊重が盲信とまったくの別物であることはいうまでもないであろう。

二　夏目漱石

1　笑いの中にある文明
―「吾輩は猫である」―

一匹の飼猫の眼に映った人間の生態は何と滑稽であることか。これだけの批評眼を持つ猫が、「自分では是程の見識家はまたとあるまいと思うて居た」と己惚《うぬぼ》れたくなるのも無理はない。この作品を読んで一度も笑い出さない人はよほど鈍感であるか、よほど精神が硬ばっているか、そのどちらかであろう。夏目漱石の「吾輩は猫である」（明治三十八年・一九〇五年から翌年まで）は彼が愛読したイギリスのスウィフトをしも思わせる人間諷刺の小説であるが、その諷刺は「ガリヴァー旅行記」のスウィフトにおけるがほど奇矯ではなく、むしろ冷たさと暖かさが混淆したやり方で人間とその文明を笑いのめした体のものである。以上に人間とその文明と書いたが、「吾輩は猫である」の基調は人間批評であると言ってよい。それはたとえば次のような形をとって現れる。「吾輩は人間と同居して彼等を観察すればする程、彼等は我儘なものだと断言せざるを得ない様になつた」、「人間の定義を云ふと外に何にもない。只入らざる事を捏造して自ら苦しんで居る者だと云へば、夫《それ》で十分だ」。この二つは人間そのものを対象にした表現であるが、猫の批判がその飼主に向けられる時、それはより一層生気を帯びた辛辣なものになる。「彼はカイゼルに似た八字髯を蓄《たくは》ふるにも係らず狂人と常人の差別さへなし得ぬ位の凡《ぼん》倉《くら》である」、「彼の眼玉が斯様《かやう》に晦澁溷濁《くわいじふこんだく》の悲境に彷徨して居るのは、とりも直さず彼の頭脳が不透不明の實質から構成されてゐて、其作用が暗澹溟濛《あんたんめいもう》の極に達して居るから……」。

拙論の序の中で、文明批評の背景には人間観があると述べたが、この場合の人間観は人間批評に置換えて差支えはない筈である。実際、文明批評は人間批評に支えられなければ何物でもないであろう。しかし文明批評は右にその実例を示した専らの人間批評から、その外側に踏み出したものでなければなるまい。そう考えると、「吾輩は猫である」は文明批評の要件を備えた作品であるように思做される。猫によってその会話の内容を伝えられた人々は時として文明批評的な言辞を弄しているが、それだけではない。彼等を取巻いている状況は或る文明の姿をそれとなく表しているようにも見える。いうまでもなく、それは明治文明の姿である。

猫の飼主である英語教師・苦沙彌の家に集まってまるで掛合漫才のような無駄話に興じる連中を通して明治文明の一面が浮び上っているが、もとよりそれは漱石の批評精神が然らしめたところであろう。猫はその連中を太平の逸民と評しているが、この言葉には注意しておきたい。「人間といふものは時間を潰《つぶ》す為に、強ひて口を運動させて、可笑しくもない事を笑つたり、面白くもない事を嬉しがつたりする外に能もない者だと思つた」と猫は言う。漱石は後世のことには関知しないわけであり、この「太平の逸民」の中に彼の、先を見越した文明批評意識を看て取ることまでは出来ないが、この言葉によって表される種属は現代の日本ではもはや死に絶えているのである。今では誰が約束もこれといった用事もなしに他人の家を訪れて、「愚にもつかぬ駄辨を弄」したりするだろうか。

明治文明は新しい要因の導入によって、それに先立つ文明の特質がよきにつけ、あしきにつけ失われて行くところに成立したものであったろう。今日の眼から見るとそこでは古い力と新しい力が引っぱり合っているような印象を受ける。たとえば女子が高等教育を受け始め、女権拡張運動も行われるようになった一方、男と女が各自その分に応じて行動するという、日本古来の、真の、さりながら暗面なしとしない男女平等が行き渡っていたのも明治の世である。話を太平の逸民に戻すと、この名で呼ばれ得る人間は完結して自足した文明の中でのみその存在を許される筈であり、文明のそういう性格が崩れ始めた時代を生きる後継者達に空虚の影が忍び寄ったり、不安があったりしても不思議はない。苦沙彌を取巻く人々の多くは西洋の影におびやかされている。また特に苦沙彌は実業家から加えられる圧迫に焦立っている。

後者について述べれば苦沙彌と同じ町内に住む実業家の金田は苦沙彌を忌み嫌い、近隣の貧民どもを操っては彼の日常生活を妨害しようと試みている。金田は権力と金力の象徴であり、苦沙彌をその分身とする漱石にしてみれば、この二つのものが幅を利かせているところに同時代の大きな特色があった。そもそも漱石は権力と金力に対して、幾分被害妄想的ではないかと思われるほど敏感だった人である。彼は学習院の生徒に語り掛けた講演「私の個人主義」（大正四年）の中でこう述べている。「権力と金力とは自分の個性を貧乏人より餘計に他人の上に押し被《かぶ》せるとか、又は他人を其方面に誘《おび》き寄せるとかいふ點に於て、大變便宜な道具だと云はなければなりません。斯《か》ういふ力があるから、偉いやうでゐて、其實非常に危險なのです」。今やその危険な権力と金力がそれを持たない連中を籠絡《ろうらく》していると漱石は考えているように見える。貨幣経済が完成していた徳川時代にも当然のことながら実業家と貧乏人がいたが、当時は武士を名目上町人の上位に置く社会体制によってそれらのものの暴走は防がれていた。しかし体制の転換に伴ってたがが外れ、権力と金力が凱歌を奏するようになったということだろうか。

　とはいえここで指摘しておかなければならないのは、漱石がその実業家嫌いの感覚にかまけてはいないということである。金田の邸宅に忍び込んだ猫はそれがあまりにも立派であることに驚いて、「教師よりも矢張り実業家がえらい様に思はれる。吾輩も少し變だと思つて、例の尻尾に伺ひを立てゝみたら、其通り其通りと尻尾の先から御託宣があつた」としゃべっている。実業家や政治家や軍人を彼等がそういうものであるからというだけの理由で排斥したがるところが近代日本の知識人にはあるようだが、漱石はそういう自己絶対視の愚から一歩抜け出している。そうでなければ権力と金力への彼の批判は文明批評と言えるほどのものにはならなかったであろう。

　苦沙彌と彼の友人で美学者の迷亭は相当の西洋通であり、彼等の会話の中には西洋史上の人物にまつわるエピソードが頻繁に出て来る。このことは明治も終りに近い頃の日本に西洋がそれだけ浸潤していることを示すものだろうが、その西洋から伝来したもののおかげで日本人が幸福になったかという問題において彼等はすこぶる懐疑的である。

　西洋文明に根柢的な批判を加えた人士として、苦沙彌と迷亭の他に、猫から哲学者と評された八木獨仙という男がある。彼は次のように言う。

西洋人のやり方は積極的積極的と云つて近頃大分流行《はや》るが、あれは大なる缺點を持つて居るよ。第一積極的と云つたつて際限がない話しだ。いつ迄積極的にやり通したつて、満足と云ふ域とか完全と云ふ境にいけるものぢやない。向《むかふ》に檜《ひのき》があるだらう。あれが目障りになるから取り拂ふ。其向ふの下宿屋が又邪魔になる。下宿屋を退去させると、其次の家が癪に觸る。どこ迄行つても際限のない話しさ。（中略）西洋の文明は積極的、進取的かも知れないがつまり不滿足で一生をくらす人の作つた文明さ。日本の文明は自分以外の状況を變化させて滿足を求めるのぢやない。西洋と大に違ふ所は、根本的に周圍の境遇は動かすべからざるものと云ふ一大假定の下に發達して居るのだ。

獨仙のこの述懐は「吾輩は猫である」に散見する西洋文明批判の中でも最も透徹したそれであるように思われる。彼我両文明の相違をこういう単純な図式で割切ってよいのだろうかと疑うことはたしかに読者の自由である。しかしそういう読者といえども、この文が笑って読み過せる代物でないことは認めずにいられないのではあるまいか。

純潔な乙女のようにして発達してきた日本文明にしたたかな年増女にもたとえらるべき西洋文明が入り込んだという認識でこれはあるのだと考えることが出来ようか。そして個人の自覚心も個性の主張も西洋種のものであるに違いない。個人の自覚心についての苦沙彌の意見は次の通りである。

今の人の自覺心と云ふのは自己と他人の間に截然たる利害の鴻溝《こうこう》があると云ふ事を知り過ぎて居ると云ふ事だ。さうして此自覺心なるものは文明が進むに從つて一日〳〵と鋭敏になつて行くから、仕舞には一擧手一投足も自然天然とは出來ない樣になる。（中略）寐てもおれ、覺めてもおれ、此おれが至る所につけまつはつて居るから、人間の行為言動が人工的にコセつく許《ばか》り、自分で窮屈になる許り世の中が苦しくなる許り……

獨仙はこれを受けて、「文明が進むに從つて殺伐の氣がなくなる、個人と個人の交際がおだやかになる杯《など》と普通云ふが大間違ひさ。こんなに自覺心が強くつて、どうしておだやかになれるものか」と述べている。

一方、迷亭は未來記の名の下に「個性中心の世」を揶揄《やゆ》して、いずれ家族はばらばらになるだろうと予言している。

日本でも山の中へ這入つて見給へ。一家一門悉く一軒のうちにごろ〳〵して居る。主張すべき個性もなく、あつても主張しないから、あれで濟むのだが文明の民はたとひ親子の間でも御互に我儘を張れる丈《だけ》張らなければ損になるから勢い兩者の安全を保持する爲めには別居しなければならない。（中略）親子兄弟の離れたる今日、もう離れるものはない譯だから、最後の方策として夫婦が分れる事になる。

更に迷亭は結婚したばかりの理學士・水島寒月に向って、「今迄は一所に居たのが夫婦であつたが、是からは同棲して居るものは夫婦の資格がない樣に世間から目されてくる」とまで言い切る。新体詩人の越智東風は、「私の考では世の中に何が尊いと云つて愛と美程尊《たつと》いものはないと思います」「苟《いやし》くも人類の地球の表面に存在する限りは夫婦と藝術は決して滅する事はなからうと思ひます」という言い方でそれに抵抗している。

この作品は文明への呪詛とそれへのいささかの反論がからみ合いながら結末を目指して進んで行く。とはいえ力点は前者の上に置かれている。「とにかく此勢で文明が進んで行つた日にや僕は生きてるのはいやだ」と苦沙彌は口走った。しかし注意しておいた方がいいと思うのは、日本から西洋の影を追い散らそうなどとは誰も言っていないことである。それが出来ない相談であることは相互の暗黙の了解事項であるように見える。「吾輩は猫である」における文明批評のペシミズムは一つの諦観と隣合わせであるように感じられてならないのである。

2　文明批評の行方 ―「それから」―

明治四十二年（一九〇九年）発表の「それから」は文明批評を意図するところから書かれた小説であるとまでは言えないが、理想主義的な青年である主人公の生き方は同時代の文明への批評意識を背負っているし、作者は日露戦争後の社会で目立ち始めた新しいタイプのインテリゲンツィアを造型することを通して自己の文明批評の一端を吐露したとも見られるので、この作品の中にある文明批評をさぐることは無意味ではあるまいと思われる。

三十歳で独身の長井代助は一軒家に婆やと書生を置いた生活を送っているが、後述するような理由から職には就いていない。月々の生活費は離れて住む羽振りのよい実業家である父と兄から供給されている。代助の学生時代からの友人の平岡はすでに妻帯していて、三年前に地方に赴任したが金銭の絡《から》む事情から職を失って再び上京し、経済的にも精神的にも苦しい状況を忍んでいる。平岡の妻の三千代はもともと代助が思いを寄せていた人であり、その三千代に再会した代助は恋慕の情を抑え難くなる。従って代助は父と兄と嫂《あによめ》が強く勧める縁談を肯《うけが》おうとはしない。遂に代助は三千代を自分のものにしようと意を決し、最初は三千代に、次には平岡にそのことを承諾させる。しかしその後、三千代は重い病気にかかる。平岡からの通報でことの次第を知った父と兄は激怒して代助と絶縁する。そこで代助は意に反した職探しをしなければならないことになる。

以上の梗概から大体のことはわかるだろうが、「それから」の眼目は主人公の特権的な生活と道ならぬ恋の二つである。この後者、すなわち友人からその妻を奪うことは、古今東西どこにでも起り得る生活上の事件であり、これを文明批評の課題と称することは適当ではない。強いて言えば、代助が「自然の兒にならうか、又意志の人にならうか」、要するに三千代との恋を発展させるか、いっそそれを断念するかと迷った末に「自然の兒」になるのを選んだことは、当時の自然尊重の風潮に触れている点で何がしか文明批評的なのかも知れないが、自然主義や白樺派の傾向を意識した文学論ならともかく、文明批評の文脈の中で話をそこまで持って行くことはしたくない。

文明批評はむしろ代助が職に就かないことの中にある。彼は平岡から、「何故働かない」と訊かれた時、次のように答えている。

何故働かないつて、そりや僕が惡いんぢやない。つまり世の中が惡いのだ。もつと、大袈裟に云ふと、日本對西洋の關係が駄目だから働かないのだ。第一、日本ほど借金を拵へて、貧乏震ひをしてゐる國はありやしない。（中略）日本は西洋から借金でもしなければ、到底立ち行かない國だ。それでゐて、一等國を以て任じてゐる。さうして、無理にも一等國の仲間入をしやうとする。だから、あらゆる方面に向つて、奥行を削つて、一等國丈の間口を張つちまつた。なまじひ張れるから、なほ悲慘なものだ。牛と競爭をする蛙と同じ事で、もう君、腹が裂けるよ。其影響はみんな我々個人の上に反射してゐるから見給へ。斯う西洋の壓迫を受けてゐる國民は、頭に餘裕がないから、碌な仕事は出來ない。悉く切り詰めた教育で、さうして目の廻る程こき使はれるから、揃つて神經衰弱になつちまふ。話をして見給へ大抵は馬鹿だから。（中略）日本國中何所《どこ》を見渡したつて、輝いてる斷面は一寸四方も無いぢやないか。悉く暗黒だ。其間に立つて僕一人が、何と云つたつて、何を爲たつて、仕樣がないさ。

文中の「借金」はもとより文字通りの意味のほか、精神上のそれをも指している。代助のこの述懐は徹底した明治文明の否定論であり、ここには文明批評の極致があると考えたくもなるが、私の見るところではこの箇所は二つの問題をかかえている。第一に（これは読者の誰もが気付く筈のことであるが）代助の精神を支える日常生活は父と兄の金により維持されている。彼等は実業界の雄として暗黒の日本国をより一層暗黒にしている人達であり、そうすると代助は自らの糧を自らが否定するものから得ていることになる。これは思想家として甚だ不名誉なことであろう。代助の精神が破綻を来したとしても、その責任の過半は彼自身が執らなければならないのである。平岡が代助に反撥して、「僕見た様に局部に當つて、現實と惡闘してゐるものは、そんな事を考へる餘地がない」、「君の樣な暇人《ひまじん》から見れば日本の貧乏や、僕等の墮落が氣になるかも知れないが、それは此社會に用のない傍觀者にして始めて口にすべき事だ」と言ったのは、自己の狭い領域に閉じ籠った発言とはいえ、代助の矛盾を衝いたものであると言ってよい。

「それから」は自然主義的な告白小説ではなく、代助は作者の漱石によって作られた人物である。そして漱石は彼を無感動・無関心あるいは「一切の世俗的な人間活動を白眼視する」という意味のニル・アドミラリとして造型した。「二十世紀の日本に生息する彼は三十になるか、ならないのに既に nil《ニル》 admirari《アドミラリ》 の域に達して仕舞った」。この外来語は明治の知識人にとってさほど珍しい言葉でなかったらしく、前章で取上げた森鷗外の「舞姫」の中にも、「獨逸《ドイツ》にて物學びせし間に、一種の『ニル・アドミラリイ』の氣象をや養ひ得たりけむ」という一節がある。ところで漱石はニル・アドミラリではなかった。代助は自ら作者とは別箇の人間として描かれなければならない。第二の問題が発生するのはこの場所においてである。

右の引用文に見られる鮮やかな否定の思想は厳密に言えばニル・アドミラリより発しながらそれを超えているというべきだろう。消極的な筈のニル・アドミラリがここではもっと積極的な相貌を呈している。それでは三十歳という若さの代助はどういう経緯でかかる成熟した思想を懐抱するに至ったのか。彼は人文系の大学教育を受け、丸善から洋書を取寄せているほどのインテリであるが、それだけでは十分な説明とは言えない。学識と生活経験がどのように重なって右のような思想に辿り着いたのか作者は明らかにしなければならないが、漱石はそこのところを細叙してはいないのである。いうならば代助は最初から「出來上った」人間として読者の前に姿を現している。

思想のことを中心にして考えると、代助は作者の漱石から独立してはいないように見える。

「それから」は近代小説なのだから、その主人公が作者の分身であることは当然なのであるが、代助のために惜しまれるのは彼が分身であることに徹底せず、むしろ作者に仕えているように思われる節があることである。漱石は作中のあちこちで身を乗出して代助に近寄り、それだけならともかく、彼に近寄りすぎた。「職業の爲に汚されない内容の多い時間を有する、上等人種」とか、「感受性の尤《もつと》も發達した、また接觸點の尤も自由な都會人士の代表者」とかいうような自己規定は代助だけのものであるのか、それともここでは逆に漱石が代助に仕えているのか、よくわからない。たしかに漱石は「吾輩は猫である」以来の平衡感覚に基いて、代助を絶対視することはしなかった。それは代助の父と兄にしろ、友人の平岡にしろ、代助に対立する人々の生き方をそれなりの理があるものとして描いていることから明らかであるが、彼等と代助の間に十全の対等関係があるとも言い難いのである。

代助は父を避けて会わない様にしていた。「逢ふと、叮寧な言葉を使つて應對してゐるにも拘はらず、腹の中では、父を侮辱してゐる様な氣がしてならなかつたからである」。それに続けて代助は次のように考えている。

代助は人類の一人として、互を腹の中で侮辱する事なしには、互に接觸を敢てし得ぬ、現代の社會を、二十世紀の墮落と呼んでゐた。さうして、これを、近來急に膨張した生活慾の高壓力が道義慾の崩潰を促がしたものと解釋してゐた。又これを此等新舊兩慾の衝突と見做してゐた。最後に、此生活慾の目醒しい發展を、歐州から押し寄せた海嘯《つなみ》と心得てゐた。

これまた立派な文明批評であることはいうまでもない。明治の世は道義というものがあるのかないのか判然としない現代から見ると、それがよほどしっかりしていた時代であったように感じられるが、それでも前代にくらべると道義の基準が曖昧になり始め、それに代って利を追求する気風が拡がり始めたことは事実であったろう。鋭敏な神経の持主がこの状態に苦痛を覚えたとしても無理はないというものである。

一方、代助の父の長井得は誠実と熱心というが如き空虚な言葉を振りかざし、「今利他本位でやってるかと思ふと、何時の間にか利己本位に變つてゐる」ような人物である。この老人が新時代の青年に軽蔑されるのは致し方のないことであろう。「代助は父に對する毎に、父は自己を隠蔽する僞君子《ぎくんし》か、もしくは分別の足らない愚物《ぐぶつ》か、何方《どっち》かでなくてはならない様な氣がした」という一文もある。

しかし父に対する代助の個人的な感情はあくまで個人的な感情であり、引用文の中で説かれたのは「歐州から押し寄せた海嘯」のせいで堕落した同時代人への全般的な批評である。この二つを同列に置いて論ずるのは如何なものかと思わないではいられない。この引用箇所では漱石が代助に蔽い被《かぶ》さって、彼の代りにしゃべっているような印象すら受ける。その結果として代助は見かけほど自由に思考してはいないし、漱石は代助を見かけほど深く批評し得てはいないと言えるのではないか。

登場人物が文明批評的見識を持っている小説は特に日本では稀であり、その限りにおいて、「それから」はユニークな作品である。そうではあるのだが、この小説の構成と技法あるいは作者と主人公の位置関係が折角の文明批評の足を引っ張っているように見えることは残念である。そもそも作の終りで世俗的な支えを失った代助は以後の生活の中でその文明批評的意識を持ちこたえることが出来るのだろうか。

私達は漱石の文明批評の何たるかを知るためには彼の生の声に接することを必要とするであろう。

3　文明開化の虚実　―「現代日本の開化」―

記述のしかるべき順序を故意に無視して言えば、漱石はそれを「言語道斷の窮状」と評している。それが真実彼の言う通りのものであるのか、またはそうであってもそこには脱出の路がないのかということが問われなければならないであろう。

明治四十四年（一九一一年）に和歌山市で漱石が行った講演「現代日本の開化」は、いわゆる開化が日本に何をもたらし、日本人をどんな状態に追い込んだかという問題を掘下げたものである。そして漱石は、西洋に強いられる形で実現した開化は日本人を少しも幸福にしなかったという悲観を強く押し出している。「私の解剖した事が本當の所だとすれば我々は日本の將來といふものに就てどうしても悲觀したくなるのであります」と彼は言う。「吾輩は猫である」

や「それから」に見られた西洋の圧迫に苦しむ日本という構図は単なる作中人物の思想ではなく、作者の地の声より発せられたことがここにおいて明瞭になる。

漱石は開化を「人間活力の發現の經路」と定義づけた後、その中には勢力消耗の積極的な活動と勢力節約の消極的な活動が含まれ、この二つが錯綜して開化が出来上るのだと述べているが、これは省略に従うとして、文明批評の観点から見逃せないのは開化が内発的な開化と外発的な開化に分けられていることである。その違いを漱石は次のように説明している。

こゝに内發的と云ふのは内から自然に出て發展すると云ふ意味で丁度花が開くやうにおのづから蕾が破れて花瓣が外に向ふのを云ひ、又外發的とは外からおつかぶさつた他の力で已むを得ず一種の形式を取るのを指した積《つもり》なのです。

そして漱石によれば（よく知られた話であるが）西洋の開化は内発的であり、日本の開化は外発的なのである。そのことよりして「現代日本の開化は皮相上滑りの開化であると云ふ事に帰着するのである」と彼は説いた。

ここで私見を挟むと、漱石の議論は、一応のところ、正しいと思う。過去百数十年間の日本の混乱はその所以をひとことで言い表すことは出來ない性質のものであろうが、その最大の原因は開化の外発性の中にあったという解釈はたしかに有力である。西洋の五十年、百年を五年、十年にちぢめてしまおうとする開化には疑いもなく無理が伴うからである。しかしそれを認めた上で言わせてもらうと、このことにおける漱石の文明批評はいささか強引であり、部分的な修正を試みた方がいいように感じられるので、以下にそれをして見ることにしよう。

内発的な開化と外発的な開化を言換えれば、前者は中途に断絶がなく常に連続した開化であり、後者はそれとは逆の開化である。西洋近代の文物も制度も西洋の過去が生み出したものであり、日本は自国の過去とはかかわりのないそれらのものを輸入したのだから、西洋の開化を内発的と見做し、日本の開化を外発的と考えることに表向き誤りはない。しかし気に懸るのは、西洋の開化の歴史は断絶を経験したことがなかったのかということである。十七世紀イギリスの清教徒革命や十八世紀フランスの大革命やそれらに先立つ十六世紀のルターやカルヴァンによる宗教改革は人々の生の流れを一旦そこで断ち切りはしなかっただろうか。革命騒ぎが収まった後、それが何とか取戻されたとしても、フランス人の生の在り方などは革命の前後では大分異なっているようである。漱石は、「開化の推移はどうしても内發的でなければ嘘だ」と言っているが、そういう理想的な形態の開化はおそらく西洋にもなかったのである。

漱石は一方では、西洋文化を受容するまでの日本の開化には内発的傾向が強かったと述べている。

吾日本と雖《いへど》も昔からさう超然として只自分丈の活力で發展した譯ではない。ある時は三韓又或時は支那といふ風に大分外國の文化にかぶれた時代もあるでせうが、長い月日を前後ぶつ通しに計算して大體の上から一瞥して見るとまあ比較的内發的の開化で進んで來たと云へませう。少なくとも鎖港排外の空氣で二百年も麻醉した揚句突然西洋文化の刺戟に跳ね上つた位強烈な影響は有史以來まだ受けてゐなかつたと云ふのが適當でせう。

これは一見妥当な指摘であるが、よく考えると疑問が湧き起る。三韓や支那からの文物の流入が当時の日本人に及ぼした影響は「西洋文化の刺戟に跳ね上つた位強烈な影響」に優るとも劣らなかったのではないかと思われる。それ以前の日本人は文字すら知らなかったのである。早くもその頃、日本人は外発的な開化を経験したのではなかっただろうか。

外発的な開化を実現させることにもそれなりの力が必要であるといえよう。近世以降のアジア諸国は西洋列強の頤使《いし》に甘んずるだけで、それを実現させることが出来なかった。日本にだけ、それが出来た。その理由は何か。うがった見方だと言われそうであるが、その昔外発的な開化に耐えたことが眼に見えない内発的な力に変じて十九世紀の新しい外発的な開化を支えたのであるように私には思われる。

漱石に同調して西洋の開化は内発的であり、日本の開化は外発的であると思做すにしても、前者の内発性には何がしかの外発性が含まれ、後者の外発性にも何がしかの内発性が含まれていると言わないではいられない。漱石は彼我の開化の相違を誇大視しているのではないか。

そうはいっても日本の現今の開化が大枠において外発的であることは事実であり、漱石が「夫《それ》を恰《あたか》も此開化が内發的でゞもあるかの如き顔をして得意でゐる人のあるのは宜しくない。それは餘程ハイカラです、宜しくない。虚僞でもある。輕薄でもある」と述べたことは当然である。漱石のこの見解を拡張して、彼の時代の日本人が自分たちは文明の恵みに浴しているが昔日《せきじつ》の日本人はそうではなかったと考えている、という風に解釈すれば、問題はより一層大きくなる。漱石死後の昭和期の敗戦後の日本人は戦前の日本人の懸命な努力を蔑《なみ》して、平和という名の新しい文明に酔い痴れた。どちらも自国の過去の抹殺であり、こういうことが出来る日本人はよほど不思議な民族と言わなければならない。多分、心ある外国人にもそう見えているであろう。

さて、重要なのは「現代日本の開化」の結論である。漱石は日本をどうしようとしているのか。

我々の開化の一部分、或は大部分はいくら己惚《うぬぼ》れて見ても上滑りと評するより致し方がない。併《しか》しそれが悪いからお止しなさいと云ふのではない。事實已むを得ない、涙を吞んで上滑りに滑つて行かなければならないと云ふのです。

どうして此急場を切り抜けるかと質問されても、前申《ぜん》した通り私には名案も何もない。只出來るだけ神經衰弱に罹《かか》らない程度に於て、内發的に變化して行くが好からうといふやうな體裁の好いことを言ふより外には仕方がない。

「現代日本の開化」を蔽っている悲観の調子はこれらの引用文にも顕著であるが、その悲観にこだわらないで読む時、ここから浮び上って来るのは逆説的な現状肯定の思想であるのではないだろうか。漱石の文明批評に終始つきまとう否定はぎりぎりのところで肯定に転じているように見える。いくら日本の開化が外発的であり、それに不平不満があっても、一旦出来上ったからには、とことんまでそれに付き合わなければならないと漱石は私達に語り掛けているのだ。

夏目漱石は前章で取上げた森鷗外と大きく異なることを述べているわけではない。西洋化がもたらした現実に即して、耐えるものには耐えて、前途を切り拓《ひら》くこと以外に日本人が生きて行く方策はないという主張において、この二人の文明批評家は軌を一にしている。彼等の見地よりすれば、昭和期に左右いずれの側からも提出された急激な社会変革の思想の如きは論外の沙汰ということになろう。

三　永井荷風

1　西洋讃美と日本嫌悪　―「新歸朝者日記」―

日露戦争を挟む明治三十六年から四十一年に掛けてアメリカとフランスで生活した永井荷風が帰国後立て続けに発表した作品の中に明治四十二年（一九〇九年）の「新歸朝者日記」がある。これは表題が示す通り、外国から日本に帰って来たばかりの人物が書いた日記という体裁を取った作品であり、彼の職業は音楽家である。この職業のことからも感じられるが、この日記の書き手――以下に「主人公」と記すことにする――を作者の荷風と同一視することはいささかためらわれる。「祖國の自然は（中略）自分に對して殆ど何等情緒の變動をも與へない」という感想は荷風の主張には明らかに反していよう。たしかに主人公は荷風の分身であるが、その点では彼と親しくしている小説家の宇田流水と官立大学助教授の高佐も同じことである。

この作品の主人公が作者によって作られた人物であることは疑いを容れない。しかしそれと同時に、彼の外的な生活はともかく、内的な方面が荷風のそれを何がしかの誇張を伴いながら代弁していることもまた疑いを容れないのである。この作品のような書き方をしておきながら、作者の自分は作中人物にああ言わせただけで、自分の考えはそれとは別物なのだと言い募ることは無理である。作者と作中人物の混同はもとより防がなければならないが、この作品の主人公は少なくともこの時期における荷風の思想を一面化された形で表していると考えて以下の筆を進めることにしよう。

西洋を自分の眼でつぶさに見て、それに圧倒された主人公がその後を追い掛けようとばかりしている日本の現状を罵りたくなるのは（これは重要なことであるが）明治人として自然な心理であるのかも知れない。その心理よりする彼の思考や発言が文明批評の外観を呈することは事実である。彼は友人の高佐から、「日本も最《も》う直《ぢ》き西洋の通《とほり》になつてしまひます。丸の内に國立劇場が出來るぢやありませんか」と言われた時、次のように答えている。

劇場は石と材木さへあれば何時でも出來ます。然し日本の國民が一體に演劇、演劇に限らず凡ての藝術を民族の眞正《まこと》の聲であると思ふやうな時代は、今日の教育政治の方針で進んで行つたら何百年たつても來るべき望みはないだらうと思ふのです。日本人が今日新しい劇場を建てやうと云ふのは僕の考へぢや、丁度二十年前に帝國議會が出來たのも同様で國民一般が内心から立派な民族的藝術を要求した結果からではなくて、社會一部の勢力者が國際上外國に對する淺薄な虚榮心無智な摸倣から作つたものだ。つまり明治の文明全體が虚榮心の上に體裁よく建設されたものです。

これは一見完璧な文明批評であるが、私に言わせれば問題なしとしない。この颯爽とした文明批評からは他者に働き掛ける契機が抜け落ちているように見える。「今日の教育政治の方針」をどう改めれば「國民一般が内心から立派な民族的藝術を要求」するようになるのかということは何も語られていない。この文に接した明治末年の読者達は、それはそうかも知れないと思いつつ、尚、帝国議会を仰ぎ見ることと新しい劇場に足を運ぶことを止めなかったのではないかと想像される。

文明批評は言葉の上での事柄だから、それが現実を直接的に動かすことはあり得ない。しかし本物の文明批評には、それが流動する現実の中を縫うようにしながら生き延びて、情勢が一変した時、人心に作用することを期待してはいけないだろうか。が、右の一節に限らず、荷風の文明批評はそういう向未来的な性格を缺いているように見える。それが真情に基いていることは理解出来ても、何かその場限りのものという印象を受ける。

この引用文に続けて主人公は、「若し國民が個々に自覺して社會の根本思想を改革しない限りには、百の議會、百の劇場も、會堂も學校も其れ等は要するに新形輸入の西洋小間物に過ぎない」と述べている。そこまで言うのなら、彼自身、形式論的には社会の根本思想を改革すると云ふ務めを引受けるべきであろう。ところが彼は別の場所で、「自分は直接日本を改革しやうと云ふ目的を以て論じたのでもなければ又自ら立つて改革しやうと云ふ程の勇氣もない」と述べ、これを次の文につないでいる。

唯だ今日まで、少年時代を頑固な漢學塾で苦しめられ青年時代を學校の規則で束縛された憤慨のあまり、漫然として東洋の思想習慣の凡てに反抗して居るばかりである。此の反抗が殆ど何等の理由なく外國の生活を理想的に美しく見せると同時に、丁度過渡期の亂雑な日本の状態を堪へられぬ程醜惡不潔に感じさせ……（傍点、引用者）

二箇所の傍点の意味は説明するまでもないだろう。主人公はこうして、外国が美しく見え日本が醜く見えるのは日本での過去の生活への反動だと言っているわけであり、これでは彼の折角の文明批評は随分気分的なものであることになってしまう。少なくともここでは、文明批評に必須である筈の判断の冷静さが微弱である。

主人公は日本の学校がその規則で学生を苦しめるばかりであるのに対して、西洋では「自由自治獨立の美徳は學校内に殆ど何等の規則をも設けさせない」ことを指摘し、その実例としてフランスとアメリカの場合を挙げている。それによるとフランスの教育は次の通りである。

巴里の大學では往々にして學生と教師との間に學理の爭論が起ると其れを賛否する書生の黨派が示威運動の行列をする。時には警察官が鎭撫に出張する事もある位だ。

思えば私達の日本でも荷風の死後に学生の示威運動を警察官が鎮撫しなければならないことがあった。あれはどう見ても教育の、そして文化の荒廃を背景にした現象だった。これにくらべれば明治時代の規則一点張りの学校の方が未だしも教育の在るべき姿に近かったと今日では言えるだろう。規則のないところに「自由自治獨立の美徳」もないのである。主人公の主張は時代の相違を考慮に入れてもやはり正鵠を失している。

「外國と云ふ空氣全體が自分を醉《ゑ》はして居た」主人公はその酔いに促される形で外国を持上げ、日本を貶《おとし》めている。たとえば、

西洋人は善惡にかゝはらず、自分の信ずる處を飽くまで押通さうとする熱情がある。僕はこの熱情をうれしく思ふので、日本人は此れに反して何かと云ふと、直ぐ世間を憚ったり自分を反省したりする。常識に富んで居る點から云へば結構な事だが、深く考へて行くと、常識の日本人はいつも現實の利害に汲々としてゐるばかりで、とても理想的の大きい國民になれやう筈がない。

という一節があるけれど、これなどはどうだろう。こう言いたくなる気持はわかるとしても、このままでは西洋人と日本人との隔たりが大き過ぎるのではないか。そもそも「自分の信ずる處を飽くまで押通さうとする」ことと「世間を憚ったり自分を反省したりする」ことが正反対の方向を向いているとも言い難いのである。

ここで考えて見たいのは、近代日本の出発点をなし、今日でもその遺産がなくなっていない文明開化のことである。もっと正確に言えば、この全国民的な文化現象の中に置かれた人々の

心性である。彼等の多くは当時世界中で優位を誇っていた西洋文明に眩惑されて、西洋にひたすら憧れ、足元の日本を軽んじた。ところでその西洋讃美と日本嫌悪こそ「新歸朝者日記」の特徴を形作っている。これは何を意味するのか。

この作品の主人公は相当のインテリであるし、外国の土を自分の足で踏んでもいるから、彼の感想が一般の人に擢《ぬき》んでていることは当然である。「自分の西洋崇拜は眼に見える市街繁華とか工場の壯大とか凡て物質文明の狀態からではない。個人の胸底に流れて居る根本の思想に對してである」は日本の俗衆には到底言えないことであろう。これは美しい言葉であり、是非そうであって貰いたいと思うのだが、こう言ってのけた主人公自身、キリスト教のパンと葡萄酒は神秘的だが神主の手にする御酒徳利は無意義だと言ったり、「日本の居室は凡て沈思冥想恍惚等の情緒生活に適しない」と嘆いたりしている。これは文明開化の物質偏重の態度とさほど異なっていないのではあるまいか。

こう見て来ると荷風という人は、その外観に反して、文明開化の逆説的な推進者だったのではないかという気がする。しかし真の文明批評家は文明開化の渦中にありながらしかもそれを批評するという作業に携わらなければならないのである。

もっとも主人公は次のようにも述べている。

洋行した日本人は工業でも政治でも何に限らず、唯だ其の外形の方法ばかりを應用すれば、それで立派な文明は出來るものだと思つて居る。形ばかり持つて來ても内容がなければ何になるものか。これが日本の今日の文明だ。眞《まこと》の文明の内容を見ないから、解しないから、感じないから、日本の歐洲文明の輸入は實に醜惡を極めたものになつたのだ。

明治は已《すで》に半世紀に近い時間を過した。其れにも拘らず歐洲文明の完全な模倣すら爲し得ない。明治は政治教育美術凡ての方面に歐洲文明の外形ばかりを極めて粗惡にして國民に紹介したばかりである。（傍点、引用者）

これは一聴に価する議論である。日本の欧洲文明受容がその外形を中心にして行われたことは事実であり、外形を中心にして受容すればその内容も何等かのやり方で入って来ざるを得ないことを一先ず度外視して考えると、この事実は近代日本の歩みをかなり危なかしいものにしたとは言えるであろう。外形と内容を備えた欧米列強に外形だけで対抗してもうまく行く道理はないからである。しかし誰にでもわかる筈のことだが、問題は内容という一見平凡な言葉の中にある。何を以て欧洲文明の内容と見做せばよいのか、どうすればそれは日本人の所有に帰するのかという根柢的なことが問われなければならない。論者によってそれが少なくとも示唆はされなければならない。引用文中の傍点箇所「(日本は) 歐洲文明の完全な模倣すら爲し得ない」に私が抵抗したくなるのは、言うところの「完全な模倣」がどれほど困難かということには眼をつぶって、まるで身近かな人の苦しみや病気を高みから見下すような調子をそこに感じるからである。

このことで想起されるのは森鷗外の項目で取上げたヒンメルスチエルナの言説である。彼はヨーロッパの開化の日本人の学び方は不十分であり、その証拠に西洋人は治外法権の撤廃に容易に応じなかったではないかと述べた。私はそれに反問して、「それなら日本はヨーロッパの開化をどのように学べば治外法権を撤廃してもらえたのだろうか」と書いたが、ヒンメルスチエルナは低級な思想家とはいえ外国人である。しかしいくら小説の作中人物であっても、日本人の口から、彼と似たような言葉が発せられたことには驚かざるを得ないのである。

この作品が発表された明治四十二年に早くも石川啄木は次のような反撥の文章を書いた。

あの作には永く東京にゐて金を使つた田舍の小都會の金持の息子が、故郷へ歸つて來て、何もせずにぶらぶらしてゐながら、土地の藝者の野暮な事、土臭い事を、いや味たつぷりな口吻で逢ふ人毎に説いてゐるやうな趣きがある。

この評言をそのまま受入れたら、「新歸朝者日記」についてはもう何も言えなくなってしまうが、私はこのそれなりに意欲的な作品を何とか啄木の身も蓋もない批評から守りたいという気持である。次の指摘がそれをしたことになるのかどうかよくわからないが、この作品の副次的な登場人物に眼を向けておくことにしたい。すでに述べた通り、小説家の宇田流水も大学助教授の高佐も作者の分身である。この内、流水は荷風の江戸趣味を体現しているに過ぎないが、高佐は主人公が、日本歴史を読み返したら日本人は西洋人のように眼に見えない空想や迷信から騒ぎ出したことがない、精神の不安から動揺したことがないとわかったと述べたのを受けて、「要するに日本人は幸福なユウトピアの民」なのだという注目すべき発言をしている。「平和な幸福な堯舜のやうな人民に文明々々と怒鳴つて、自由だの権利だのを教へて煩悶の種を造らせるのはどうかと思ひます」。これは夏目漱石の「吾輩は猫である」の中の獨仙に吐かせても不自然ではない科白であろう。

また高佐はその著述の中で、「もしこれが西洋であるならば少くも一世紀二世紀を要すべき思想の変化をば自分は僅か五年十年の短時間に見る事が出來る」、それは幸福なことであるという諷刺（主人公の言葉）を筆にしている。これまた夏目漱石の「現代日本の開化」に通じる認識であるといえよう。

これらの言葉は文明批評の初期の状態を表したものというべきである。

2　別天地への夢 ―「冷笑」―

荷風は明治四十二年から翌四十三年に掛けて、小説「冷笑」を発表した。「新帰朝者日記」を雑誌に掲載した直後のことである。「冷笑」は新聞連載だから、こちらの方が読者は多かったであろう。実際、娯楽読物として見れば、「冷笑」は小説的結構を備えているので、「新帰朝者日記」よりはずっと面白い。

親譲りの小山銀行の頭取をしている小山清は銀行では儀礼的な社交の仕事しかさせて貰えず、家庭では夫にまるで婢《はしため》のように仕えることしか知らない妻にあきたらず、そこで彼は同好の士と一緒に笑って世を過すことは出来ないものかと考える。そんな彼の廻りに小説家の吉野紅雨、狂言作者の中谷丁蔵、商船事務長の徳井勝之助、南宋画家の桑島青華（作中で直接顔を合せてはいないが）といった人々が集まる。

この小説は作中で度々述べられている通り、江戸の戯作者・瀧亭鯉丈の「八笑人」を模したもので、いうならば「八笑人」の明治版である。この戯作は「江戸の泰平に永き日を暮しかねた人達が、強《しひ》て突飛な事件を作り出しては笑つて見ようとした」内容のものであるらしい。八笑人の八には及ばない五人の名を右に記したが、この中では吉野紅雨が作者の荷風に一番近いようである。彼の経歴についていえば、父に命ぜられて渡ったアメリカで銀行に勤めたりした後、年来の藝術への夢が捨てられずフランスに移り、帰国後は文壇から新しい文学者として迎えられ、政府から二三の著作を発売禁止処分にされ云々は荷風の経歴にそっくりであり、その上、彼はこれも荷風と同じくいっぱしの文明批評家である。よって、以下の叙述は紅雨の言説を中心にして進めることにしたい。

紅雨の精神の姿勢は次の一節の中によく表されている。


新しい時代の新しい凡てのものは西洋を模して到底西洋に及ばざるものばかりなので、一時は口を極めて其の愚劣、其の醜悪を罵しり、東洋の土上には永久藝術の花は咲くまいとまで絶望したが、半年一年とたつ間に、彼は二十時代の過去を思ふともなく回想するにつけ、埋没されてしまつた舊い時代の遺物には捨てがたい懷しさと、民族的特色の崇拜すべきものの存在する事を感じ出した。

この文の前半部における同時代の西洋模倣の日本への嫌悪感は「新歸朝者日記」の主人公の場合と同じであるが、紅雨は彼より内面化された人物であり、後半部では、一歩進んだ姿を見せている。しかし注目すべきは彼の言う「舊い時代の遺物」「民族的特色」が日本歴史の明治より前のどんな時代にも見られるわけのものではなく、それがフランスとの対比において徳川期に限定されていることである。彼は芝の霊廟にいたく感動した後、誹諧や戯作や千代田の大奥の壮観を通して、この時代の美に眼を開かれ、次の感想に到達した。

江戸時代はいかに豊富なる色彩と渾然たる秩序の時代であつたらう。今日歐洲の最強國よりも遙に優る處があつて、又史家の嘆賞する路易《ルイ》十四世の御代の偉大に比するも遜色なき感がある。

右のように始まる一節は、「あゝ江戸時代なるかな」という感嘆文で終っている。

私見によればここには荷風の文明批評の長所と短所が同時に与えられている。「江戸の人はいかにその實生活の單調に對する慰藉を藝術によつて仰ぎつゝあつたかを〔自分は〕知つた」（傍点、引用者）という紅雨の言葉に注意しておこう。力点は藝術の語の上に置かれているからである。

江戸時代の文明が日本人本来の美意識に支えられて完成の域に達していたことは明らかであり、西洋の侵入を許したその次の文明が西洋文明の外形を模したばかりのものになったこともたしかである。だからこのことにおいて荷風が間違えているわけでは決してない。

しかし文明というものはその総体において見る必要があろう。もとより藝術は文明の重要な要素であるが、それ以外の要素をも無視するわけには行かない。

明治の語にその後の時代の一部を加えて考察すれば、明治の文明が前代の文明にくらべて雑駁なものになったのはそこに西洋が押寄せて来たからだけでなく、当時の支配者達の氏素性がそれに大きくかかわっていたことは確実である。おおむね地方出身者たる彼等は江戸時代の文明の質の高さを充分には理解せず、それが失われて行くことにさほど痛痒《つうよう》を感じなかったであろう。それは残念なことだったと言われれば、その通りだと答えるよりほかはない。

しかし明治は破壊の時代であると同時に建設の時代でもあった。明治政府はその文化的感覚の不足に加えて、自由民権運動を誘発し、大逆事件をどうやら捏造したらしい専制的性格を持合せていたが、一方では、廃藩置県その他の強引ではあるが果断な政策によって日本の近代化を推し進めた。もし明治維新が彼等の手によらずして幕府の旗本や御家人の手で行われていたら、その結果はどうなっていただろう。前代の文明の質は或る程度まで保持されたかも知れないが、欧米列強に伍するほどの近代国家は果して建設され得たかどうか。その場合にも日清、日露の戦があったとして、日本はこれらの戦役に勝利を収めることが出来たかどうか。

文明を批評するのなら、その負の面だけでなく、正の面にも何等かのやり方で眼を向けて欲しいと思う。そうしないと、時代と共に動く人間の姿は不充分にしか捉えられないからである。

紅雨は当代を過渡期と見做している。「藝術なき時代の繁榮は砂上の楼閣に等しい。紅雨は心底から過渡時代の空氣の無情を感じた」。別の場所で彼が、「吾々はみんな不幸な過渡期の病兒だ」と言ったのを受けて、八笑人の企画の立案者である小山清も、「全くさうかも知れん」と言っている。爛熟した徳川文明を基準にすれば、彼等の時代は自ら過渡期ということになろう。森鷗外がその「普請中」の主人公に、「日本はまだ普請中だ」と語らせたのも同じ意識からだった。しかし鷗外の場合には普請中の、すなわち過渡期の日本の建設事業に参加しなければならないという意志がある。ところが荷風にはそれがない。

いや、言い過ぎた。よく考えれば、荷風にもそれがなかったわけではない。先に私は彼を文明開化の逆説的な推進者だったのではないかと述べたが、彼は同時代の西洋讃美と日本嫌悪の潮流に江戸時代への心酔という苦い一滴を落とすことによって、それに棹《さお》差したと言えるのではないだろうか。そういうところがなければ、彼の文業が大正、昭和と続いた筈はない。彼は彼なりのやり方で建設の仕事に協力したように見える。しかしそれが俗に言う斜に構えたやり方であったことは否めないであろう。

荷風はこの作品の中で紅雨を通して盛んに東西比較を試みている。東西の東は東洋と言ったり日本と言ったりで、その言い方は一定していない。そして論の核心は次の一節の中に求められそうな気がする。

> 東洋の氣候風土の見えない處に、必ず何物か、人を諦めさせる、不可思議な力が潜んでゐるに違ひないと云ふ事を感ずるのです。(中略)西洋人は何故仰向いて歩くか。日本人は何故屈《こゞ》んで歩くか。ここには人間の作つた文明より猶以前に原始的に根本的に何かの差別があつたに違ひない。

東西の間に文明以前に差別があったことは、もしそれが事実だとすれば大変な話であるが、ともかく荷風は――このことでは作者と登場人物を分ける必要がない――西洋と東洋或は日本を絶対的に隔絶したものと見做している。平たく言えば西洋は宿命的に健全であり、東洋・日本は同じく宿命的に不健全だということである。

このような認識を文明批評の見地からどう扱えばよいのだろうか。なるほどそこに理がないとは言えまい。しかし私はこの発言に接して、東洋とその中の日本のことをいやに詳しく知っている西洋の人種差別主義者の口からそれが出たという印象を受けるのである。

紅雨に仮装した荷風は非業の死を遂げた人々の怨霊のことをも問題にしている。

日本の暗夜には反抗のできない制度の下に、幾人となく無實の罪に死んだものの死代り生代り恨みを晴らさでは置かぬ怨靈の氣が滿ち〳〵てゐるやうに思はれるではないか。

この後、江戸時代から明治の世へ民間に伝承したであろう幾つかの興味深い実例を挙げて、「吾々はどうして斯くも無數に戰慄すべき物語を持つてゐるかに驚かざるを得ない」と記すのであるが、彼がこれによって、西洋の歴史は日本の歴史より残酷でないと考えているのなら、それは大きな誤りである。西洋の歴史を古代と中世に溯れば、そこには「反抗のできない制度の下に」「無實の罪に死んだもの」が大勢いるではないか。荷風は自分に近い時代しか見ていない。西洋は健全、日本は不健全という図式は成立たないのである。

更に恋愛のことがある。それは次の如きものとされている。

愛國報恩復讐等の名目の下には吾々の祖先は殆ど超自然の熱情を發揮させたけれど、戀愛と稱して其の素質に於ては同一と見るべき感情の流露に對しては無理無體の沈壓を試みるのみであつた。

この文を読んですぐさま思い浮べるのは古来夥しく作られた恋歌のことである。実際、恋の感情は和歌の重要なテーマであり続けた。古今和歌集は全二十巻の内の五巻を恋歌に宛てている。たしかに日本の歴史上の或る時期には儒教などの影響で恋愛を罪悪視する気風が大きかったであろう。しかし西洋のキリスト教も男女の交情に対しては態度が厳しかったのである。

「冷笑」の中の東西比較はこういうものであり、そこでは西洋の明るさと東洋の暗さが強調的に対比されている。これは真実の一面を伝えているのか知れないし、江戸時代を引きずっていた明治時代には現代より説得力を持っていたのだろうが、それでも私には東西両文明の機微に触れない、子供っぽい議論であるように思われる。とはいえ東西の音楽を比較した箇所は割と抵抗なく読むことが出来る。

西洋の音樂に表れた人間の感情には、縱《たと》へ如何なる絶望悲哀の中《うち》にも力のある叫びが潜んでゐる。

日本の音樂は明るい朝日の光にも人の見ぬ間に獨り寂しく萎れてしまふ朝貌《あさがほ》の花のやう、其の傳へる印象は縱へ如何なる歡喜幸福を歌ふものにしても、必ず特別の悲哀を伴はす。

現代に少なしとしない、東の音楽にも西の音楽にも通じた目利きは右の比較に見られる文明批評の課題をどうこなすであろうか。

次のことは「新歸朝者日記」と「冷笑」をまとめて言うのだが、荷風の文明批評は進歩発展を予測させず、いづれ錆びつくか、またはその持主によって放棄されるのではないかと疑わせるのである。

3　人間に近づこうとしない散歩 ―「日和下駄」―

大正四年（一九一五年）発表の「日和下駄　一名東京散策記」はこの題が示す通り、荷風が日和下駄をはき蝙蝠傘《こうもりがさ》を持って東京市中を散歩した記録であり、彼の随筆家としての天分を存分に窺わせる好随筆である。その散歩の主意は荷風によって様々に説明されている。「生れてから今日に至る過去の生涯に對する追憶の道を辿る」のだと言ったかと思えば、「隠居同様の身の上」として――「日和下駄」執筆の頃の荷風は三十七歳だった――「その日その日を送るに成りたけ世間へ顔を出さず金を使はず相手を要せず自分一人で勝手に呑気にくらす方法をと色々考案した結果の一ツが市中のぶら〲歩きとなつた」とも言っている。家の中で女房や新聞雑誌の訪問記者に悩まされるより、「暇があつたら歩くにしくはない」のだとも書いている。

さびれ果てた光景に接して「無用な感慨に打たれるのが何より嬉しいから」散歩するのだとも述べている。江戸軽文学の感化もあるという。

散歩の理由づけはこのように一定していないが、誰の場合にも散歩は楽しいだけにかえってその動機や目的を明言し難いだろうから、このことで荷風を咎め立てするわけには行かない。しかし散歩の途次、荷風の眼に映って、その心を惹くものが東京という都会の現下の営みではなく、樹・水・崖・坂・夕陽のような自然現象であったり、淫祠・寺・路地・閑地《あきち》のような、それに準ずるものであったりすることには注意を要する。荷風はこれらのものを驚くほど細かく詳しく観察し、その結果を端正な文章で著した。その点では、今日の東京で自らの観察眼と脚力と文章力をどれほど誇る人といえども、荷風のそれを凌ぐ東京散策記を書くことは出来ないだろうと思われる。

以上のことから大方の察しはつくだろうが、「日和下駄」は文明批評的な意図の下で書かれた作品ではない。が、それにもかかわらず、荷風の記述の背後にはやはり文明批評がある。このことでは「現代日本の西洋式僞文明」という語句を引用するだけで充分だろう。これによってわかる通り、「日和下駄」の文明批評は数年前の「新歸朝者日記」「冷笑」のそれと同じなのである。

とはいっても荷風の小説と随筆から受ける印象は互に異なっている。小説では文明批評にこだわることがそれへの得意満面の甘えに通じ、時として批評よりはむしろ厭味と感じさせることなしとしないけれど、「日和下駄」にはそのきらいがなく、私達は荷風と一緒に東京市中の散歩を楽しみながら、彼の文明批評をも結構楽しむことが出来る。日本人が日本固有の植物に愛情を持たず、電線を引くために路傍の木を伐ったり、名所の眺望や老樹を犠牲にして赤煉瓦の家を建てたりするのは「自國の特色と傳来の文明とを破却した暴擧」だと言われると、そうかも知れないと思わせられる。明治の文明は伝統的な名園を破壊して「兵營や兵器の製造場にしてしまった」と歎くのを聞かされると、それは残念なことだと考えたくなる。表通りは不愉快なので「裏町を行かう、横道を歩まう」と囁かれると、そうした方がよいという気持に誘われる。

荷風の散歩雑感は概して自然である。そればかりか彼は次のようにすら記している。

われ等の住む東京の都市いかに醜く汚しと云ふとも、こゝに住みこゝに朝夕《てうせき》を送るかぎり、醜き中《うち》にも幾分の美を捜《さぐ》り汚き中にもまた何かの趣を見出し、以て氣は心とやら、無理やりにも少しは居心地住心地のよいやうに自ら思ひなす處がなければならぬ。

ここにおいて荷風は文明批評の重荷をいっとき卸し、一東京市民として安らかな息をついているように見える。私達と同じく彼の場合にも散歩は精神衛生に役立ったのであろう。

しかし私は荷風の文明批評との間に折合いをつけたいと考えて、この項目を書き始めたわけではない。「日和下駄」には文明批評とは一見無関係でありながら、荷風の文明批評の性格を裏書きするように感じられる事実が含まれているので、以下、それについて記すことにする。

日和下駄をはいた荷風の東京散歩には人間の影が薄いのである。何も人間を避けながら散歩したというのではない。そうではないのだが、荷風の散歩には彼と対等の他人は登場しない。偶然見かけた人や言葉を交した人を通して人間への知見を深めるといった趣きはない。後述するように荷風は貧民のことを心に懸けているが、特定の貧民に親近感を覚えたり、その逆に嫌悪感を募らせたりすることもない。友人の久米と師匠の森鷗外と同輩の巖谷四六の三人は荷風のつきあいの相手として読者に呈示された人達であるが、彼等の誰にしても、荷風の散歩の性格を変える役割を受け持たされてはいない。

自分にとって散歩は「生れてから今日に至る過去の生涯に對する追憶の道を辿るに外ならない」という文はすでに引用したが、荷風はこの「追憶」に見合うものとして、少年時代に神田の英語学校からの帰り道に、宮内省の裏門から程遠からぬ土手の榎の大樹の蔭にある井戸の水で車力や馬方と一緒に手拭いを絞って汗を拭いたことを思い出したり、中学生の頃、同級生達と一緒に築地から千住まで舟遊びをしたことを振返ったりしている。それはそれでいいのだが、「過去の生涯に對する追憶」というのなら、かつて荷風の前に姿を現しながら今では消息不明になった人をなつかしんだり、その想起によって心を痛めたりすることがあってもよさそうなものであるが、「日和下駄」にそういうことは、たとい暗示的にであれ、書かれていない。これを要するに荷風はその散歩の中で東京を知ろうとはしていても、人間を知ろうとはしていないのである。

いや、荷風の散歩は人間を知ろうとするものではなかったと述べたが、彼が当時の貧民のことを知ろうとしなかったとまでは言えない。しかし特徴的なのは荷風が貧民達を外側から一まとめのものとして観察したことである。

明治大正の日本に、戦後の高度経済成長の結果として実現した現代の日本では想像も出来ないほどの貧民階級が存在していたことは紛れもない事実である。この事実はその扱い方さえ正しければ文明批評の材料たり得るであろう。第二章で取上げた夏目漱石の「吾輩は猫である」の中で苦沙彌先生は教師を目の敵にする近隣の住人達からおびやかされているが、彼等は貧困の程度の差こそあれ、その頃の貧民階級に所属していたのであろうと思われる。彼等に対する苦沙彌のおびえは蓋し漱石のおびえでもあった。漱石の文明批評的発言の裏にはそのおびえが潜んでいるような気がする。漱石が頭の中で西洋をどれほど楽しんでいても、彼はそんなものとは縁もゆかりもない貧民達の存在を身近かに感じながら生活しなければならなかったのである。

同じく西洋を頭の中に詰め込んだ荷風にはそのおびえがない。ここで次の一節を読むことにしたい。

私は今近世の社會問題からは全く隔離して假に單獨な繪畫的詩興の上からのみかゝる貧しい町の光景を見る時、東京の貧民窟には龍動《ロンドン》や紐育《ニューヨーク》に於いて見るが如き西洋の貧民窟に比較して、同じ悲慘な中《うち》にも何處となく云ふべからざる靜寂の氣が潜んでゐるやうに思はれる。（中略）場末の路地や裏長屋には佛教的迷信を背景にして江戸時代から傳襲し來つた其の儘なる日蔭の生活がある。怠惰にして無責任なる愚民の疲勞せる物哀れな忍從の生活がある。

これに続けて荷風は政治家と新聞記者が裏長屋に人権問題と労働問題を持ち込んだら、「其の時こそ眞に下層社會の悲慘な生活が開始せられるのだ」という味のあることを述べている。
それはともかく荷風はこのように東京の貧民の群をもっぱらの形として把握してゐる。彼等の生活と意識によって精神の安定をおびやかされるどころか、むしろ精神の慰藉すら覚えていることは、「彼等が生活の外形に接して直ちに此れを我が精神修養の一助に爲さんと欲する」という奇妙な一文によってそれと知れるであろう。
そして荷風は大雨の後、古川橋の上から次の光景を見たという。

眞黒な裸體の男や、腰巻一つの汚い女房や、または子供を背負つた兒娘までが笊《ざる》や籠や桶を持つて濁流の中《うち》に入りつ亂れつ富裕な屋敷の池から流れて來る雜魚《ざこ》を捕へやうと急《あせ》つてゐる有樣、通りがゝりの橋の上から眺めやると、雨あがりの晴れた空と日光の下に、或時は却つて一種の壯觀を呈してゐる事がある。

ここに至って、濁流の中で生活のために悪戦苦闘している貧民の姿は「思ひがけない美麗と威嚴」として感知され、それは東京の美しい若葉や夕陽と同じ資格を獲得している。すなわち人間は風景の一部に化している。荷風がこのことで、右の現象への審美的立場を強いて表明して見ろと迫られたら、多分、彼は「新帰朝者日記」の中で引用したフランスのメリメの次の言葉を繰返したであろう。「決して人道其のものを厭《い》み輕んずるのではないが、然し自分だけは苦しみ悩む人から隔離して居られるやうに富裕でありたい」。それはそれで差支えのないことである。

が、それにしても、東京市中をほとんど隈《くま》なく歩き回りながら一人の他人にも出会わなかったことをどう考えればよいのだろうか。

文明批評というものは字面よりして、何か高級な、瀟洒な、俗塵から離れたもののように人から思われるかも知れないが、私に言わせれば決してそんなことはない。文明は人間が形作るものであり、そうであるからには、文明批評は人間のどろどろした生態に何処かで触れていなければならない筈のものである。文明批評は一見したところに反して、美しくも何ともないのだ。

ところが荷風の文明批評は人間を遠ざけることで小綺麗にまとまったものになってしまった。明治の世は徳川文明の整頓された秩序を破壊して、西洋文明を拙劣に模倣した結果、東京を醜く汚い都会に変えたという主張がそれ自体としてはどれほど正しくても、その醜さと汚さを拒んだり受入れたりしながら生きて行く人間に眼を注ごうとしない点で、荷風の文明批評は外面的たることを免れていないのである。

四　中村光夫

1　文明批評への情熱 ―「作家の文明批評」―

これから昭和の文学者・中村光夫の文明批評を調べることになるが、この作業に先立って、私は或る感慨を覚えている。というのも私の文明批評研究のきっかけを作ってくれたのは中村だったからである。かつて中村の批評文その他を読んでいた頃、彼の文学評論には是々非々という心持だったが、数々の文明批評的言説にはほとんど無条件でのめり込んだものだった。実際、明治以後の文学者の中に中村ほど文明批評ということにこだわる人は明らかにいなかった。彼の文学観の多少の狭さもこのことと無関係ではなさそうな気がする。いうならば中村は私のこの論考の生みの親であり、以下、彼に対して批判がましいことを書く場合にも、この人への根本的な敬意はなくさないようにしたいと考えている。

中村の「作家の文明批評」の書き出しは次の通りである。

> 岸田國士氏が「玄想」五月號に書いた「日本人畸形説」をよみましたか。もしまだならよんでごらんなさい。氏の所説の内容についての贊否は第二として、敗戰後起るべくして起らなかつた文學者の文明批評の眞劍な一投石として誰しも一讀する價値のある文章です。一體、近代文學は一面から見れば文明批評の文學であることは誰しも知る通りです。カーライルとか、エマーソンなどについては云ふまでもなく、「ボヴァリイ夫人」がフランスの田舍風俗の批評であるやうに、「惡の華」はパリ人の生活の深刻な批評から生れたと云へます。
>
> 人間といふものが實際には時代の文明を離れて生きられない以上、これは當然のことで、人間の眞實を探求する熱情が、同時代の文明に對する冷徹な批判に裏付けられてゐないやうな作家はまづ僞物と云つてよいでせう。

右の文章で始まる「作家の文明批評」には、よきにつけあしきにつけ、中村の文明批評意識がはっきり表れているように思われる。ここで「あしきにつけ」と書いたことには理由がある。引用文からわかる通り、中村において文学と文明批評の結びつきは申し分のないほど直線的である。彼は他の論考の中で、「(小説では) 文明批評をぬきにして『人間』の描寫があり得ないことが、今日ほどはっきりした時代もない」とさえ述べている。中村のこういう言い方に押しつけがましさを感じる読者がいたとしても、それは無理のないことであろう。

中村の文明批評には幾分心して掛らなければならないが、それにしても、フランスの一部分に過ぎない田舎風俗もパリ人の生活も文明批評の対象であり得るという話に私は賛成である。文明批評と称したからといって或は一国の、或は特定の時代の、或はその両方の文明への批評にそれを限定しなければならないことはない。真の文明批評家はどんな小さな事柄をも文明批評的に扱うことを得るであろう。

私は本書の序の中で文学者の文明批評の調査には厄介なところがあるという意味のことを記したが、中村が文学に文明批評をかぶせたことを考慮しながら、文学と文明批評の関係をここで考え直して見ることにしたいと思う。文学作品には文明批評的価値とは別に文学的価値というものがある。中村によればすぐれた作品はすべて文明批評的であることになるが、その中で如何なる文明批評が繰広げられていても、文学的価値の低い作品があることは彼も認めるであろう。その場合の文明批評はよし無意味ではないとしても、一流とは言えないであろう。私見によれば文学作品の文明批評は一人歩きが出来ないのである。

もっともこのことでは中村も次のような含みのある言い方をしている。

彼〔作家〕が周圍の社會に對してどれほど「容赦のない」陰鬱な敵意に燃えてゐても、その思想をぢかに生の形でぶちまけることはおそらく許されないのです。それは社會の法則に反するだけでなく、何か文學の法則に背くのです。彼にはそこで或る象徴が必要です。或る假託が、人間の姿として必要になるのです。

要するに文学の文明批評は文学の法則に従わざるを得ないということである。そこでその「象徴」「假託」として、また「思想を肉化する道具」として漱石は学問のある遊民を、荷風は無知な商売女を選んだと中村は述べている。これは俄かには賛同し難い意見であるが、漱石、荷風という同時代の社会への批評精神旺盛な二人の先達への敬愛の念が中村にこう言わせたのであろう。中村は漱石系、荷風系の文明批評家である。

さて私は拙論の森鷗外と夏目漱石と永井荷風の章では取上げる作品の発表年を一々記したが、ここから先はそうする必要があると認められる場合に限って、それを記すことにする。ところが「作家の文明批評」の場合には、その必要が認められるのである。

この短い論文が発表されたのは昭和二十二年（一九四七年）である。日本がアメリカに占領されていた混迷の時期である。当時の日本人は物心ともに疲弊したその日暮しの中で自信を喪失していた。

中村が岸田國士の「日本人畸形説」から引用した文はそういう時代相を背景にして読んだ方がよさそうである。岸田は次のように言う。

日本人とはおほかた畸形なものから成り立つてゐる人間で、自分たちはそれに氣づかず、それでゐて、完全な、若《も》しくは健全な人間像といふものを自分たちの間で求めることを斷念し、畸形的なものそれ自身の價値と美とを強調する一方、その畸形的なもののために絶えずおびやかされ、幻滅を味ひ、その結果、自分たちの世界以外に、『生命の完きすがた』とでも云ふべき影像を探し求めて、これにひそかなあこがれの情をよせてゐる人間群である。

通時的な日本人論は一種の文明批評である。岸田のそれはまことに堂々としている。とはいってもここにあるのは随分思い切った自虐的な日本人論であり、今日では大抵の人がそれに同調しないであろう。

私自身は日本人が古来、小さくまとまりたがる一方、外国産のものの前に跪拝したがることにかんがみて、岸田の所説を一笑に付すことは出来ないという心持である。が、そう思いつつ、この文には時代の波がひたひたと打寄せていることをも感じないではいられない。これが戦後の混乱期ではなく他の時代だったら、岸田は同じ内容をもう少し違う言葉で書き表していただろうと思われる。個人も国民も落ち目になった時にはその性格の弱点が露骨に表面化するものだろうが、岸田は日本人のそういう姿を目のあたりにしながら右のように書いたのではなかったただろうか。

しかし岸田が苦しみ悩む同胞を鞭打とうとして日本人畸形説を唱えたのではなかったことは中村の語調から察せられるところである。脱出口は見つけられなければならない。中村は岸田から「理想的人間像」「生命の完きすがた」「全人」といった言葉を借りて、それへの憧れを燃やしつづけることで自分達の文化の姿を完全なものにしなければならないと訴えている。文明批評の見地から、これは意味深い提言と言わなければならない。

私は永井荷風を論じた章の中で、文明批評の一面として、それは人間のどろどろした生態に触れていなければならない筈だと述べたが、他の一面を挙げれば、それは中村の言う通り、人間がどうあるべきかを探求することである。文明批評は人間性への夢を内包していなければならない。だからそれは頭が固い学者の机上の産物ではなく、私達の生きる必要が自ら招き寄せる営みなのである。

ところで「作家の文明批評」の発表年が昭和二十二年であると記したことにはもう一つの理由がある。中村は戦前から文藝評論を中心とする仕事にたずさわっていたが、この年は文学者として比較的初期の頃であり、早くもこの時期に彼が文明批評に深い興味を寄せていたことを示したかった。実をいえばこれよりもっと早い戦時中の昭和十九年にも中村は文明批評的な考察を世に問うている。

2　文明開化への疑惑 ―「文明開化と漱石」「浮雲」―

前項の最後に指摘した述作は「文明開化と漱石」である。これは表題が示す通り、文明開化について語り、それへの漱石の態度について語ったもので、戦時中の論文であるにもかかわらず、戦争の現実への言及はない。但し戦争指導者達の文化政策への暗黙の抵抗が行間から読み取れるのはこの論文の面白いところである。

文明開化という明治の一大文化現象に対する中村の見解を短くまとめることは案外むずかしいが、敢えてそれをすれば、彼の所論は次の三つに要約出来るであろう。

第一に中村は、「文明開化とは、我國が國家として發展するに通らねばならぬ必然の道であつた」のであり、その風潮には誰も逆えなかったと説いている。「或る時代の風潮が眞にその時代を支配する風潮である所以は、これに反對する者すら押し流さねば止まぬ點である。（中略）そしてこの意味で文明開化は眞に時代の風潮といふものの典型だと云つてもよいのである」。

第二に、文明開化の実体は世相のうちにはなく、それによって象徴される国民の心理の裡に存している。このことで中村は文明開化を「我國民の精神生活の蒙つたひとつの大きな害惡と信ずる」と言い切っている。人々は大きな犠牲を払いながら、そのことに気付かず、「僕等の得たものは形のある明瞭に計量され得るものであり、喪つたものは多くは無形の寶であつた」。

第三に、当初は空論としか見られなかった明治二十年頃の演劇改良説が今日ではほとんど実現しているように、文明開化は現代文化に「濃い血縁」でつながり、今や現代人の生活の中に溶けこんでいる。

以上の要約に雑駁のきらいがあることは自分でも認めるが、それは大目に見てもらうとして、ここで事柄を一般化して考えると、近代日本を文明批評的な意識で見ようとする者は何処かで必ず文明開化の問題にぶつかる筈である。何故と言って私達の生活は中村に言われるまでもなく物質面でも精神面でも文明開化の延長線上を動いているからである。中村がこの論文を発表してから六十年以上たっているが、このことに変りがあろうとは思えない。今日の私達の精神に歪んだところがあるとして、その原因のすべてを文明開化に帰せしめることは出来ないまでも、かなりの部分は文明開化の状況に起因していそうな気がする。一例を挙げると大多数の現代人が戦前、戦中の日本を軍国主義国家呼ばわりして憚らないのは蓋《けだ》し文明開化期の人々が江戸時代を暗黒視した心理の複製である。

文明開化の問題は単純そうに見えて案外複雑である。先に私は荷風の態度を評して、彼は文明開化に反撥しながら同時にそれを推進したと述べたが、この見方が正しければ、文明開化の複雑な性格はこういうところにも覗いているのではなかろうか。

話を中村の議論に戻すと以上に挙げた三つの論点はどれももっとも至極であるが、その第一と第二を組合わせる時、そこには一つの看過したくない様相が現れる。日本が近代国家として生きて行く上で文明開化は不可避であったがそれは国民の精神に大きな害悪をもたらしたということになると、国民の精神が害《そこな》われることも不可避だったという印象を受ける。これは決定論じみていて、まことに息苦しい。中村の決めつけは大き過ぎて出口がない。文明開化は人々を迷妄に陥れたと考える場合にも、彼等の自由はもう少し認められてよいのではないだろうか。

中村の論の後半を占める漱石についての箇所はその中に、「表面は甚だ多忙で實は極めて怠惰な精神的慣習の裡に、おそらく文明開化のもたらしたすべての智的頽廢の根源が横たはる」という興味深い文言を含んではいるが、基本的にこれは、「現代日本の開化」によって代表される漱石の文明開化評すなわち文明批評を中村流のやり方で解説した文章である。

明治文学史上のみならず近代日本文学史上でも最も文明批評的な作品と中村の見做すのが二葉亭四迷の小説「浮雲」（明治二十年から二十二年にかけて発表）である。中村の文明批評について論ずるのなら、この「浮雲」を逸するわけには行かない。とはいえ二葉亭についての中村の論考は夥しい量に上り、そこでもそれ以外の場所でも中村は「浮雲」に幾度となく触れているのであって、そのすべてを取上げることは到底出来ないので、昭和二十年代から四十年代にかけて公けにされた四つの「浮雲」解説を材料にして以下の話を進めて行くことにする。

静岡県に老母を残して上京し、叔母お政の家に下宿している内海文三は苦学の末に役所勤めをするようになったほどの秀才であるが、彼は曲ったことの嫌いな高潔な心性の持主である反面、世才に乏しく課長の御機嫌を損じて免職になる。一方、彼の同僚の本田昇は世渡りが上手で課長のおぼえもめでたく、文三の恋人お勢（お政の娘）は次第にその心を文三から昇に移して行く。文三は事態の成行きを如何ともすることが出来ないで孤立し、少しづつ狂気の方へ追いやられて行く。

以上が三篇からなる「浮雲」のあらすじであり、この長篇小説は未完に終ったとされている。

中村の「浮雲」観は「解説」執筆の時期によって多少ずれている。たとえば「浮雲」中絶の原因に与えられた説明は四つの解説で互に微妙に相違している。しかしこの作品の中では新旧両文明が対比されていること、そして二葉亭が「日本文明の裏面」を描こうとしたことを指摘する点でそれは大体のところ一致している。この場合の「日本文明」は勿論、文明開化の下にある明治の文明のことであり、その「裏面」云々というのは二葉亭自身の次の回想的発言に依拠したものである。

ベーリンスキーの批評文などを愛讀してゐた時代だから、日本文明の裏面を描き出してやらうと云ふ樣な意氣込みもあつた。（明治四十一年「予が半生の懺悔」）

ベリンスキーは十九世紀ロシアの文藝批評家であるが、二葉亭がロシア文学を原語で読み得たこと、またロシア文学の翻訳と紹介によっても新しい「日本文明」に貢献したことは二葉亭の読者なら誰でも知っている。

中村が右のように指摘したことが正しければ「浮雲」は高次の文明批評を孕んだ小説ということになろう。「小説の形による文明批評は、少なくも『浮雲』の作者が夢見たやうな風には、漱石によっても鴎外によっても荷風によっても龍之介によっても行はれなかつたし、現代までそれをなしとげた人はゐないのです」とさえ彼は述べている。この言葉は中村が文明批評という行為に託した夢の激しさを物語っているともいえよう。

文三は不本意な妥協を拒む潔癖な倫理感に裏づけられた高貴な理想主義者であり、昇は状況に合せて動くことしか考えない、芯のない一見軽薄な現実主義者である。前者の理想主義は後者の現実主義に敗北する。そして中村の見るところ、文三の徒を排斥して昇の徒を許容する「日本文明の裏面」を特徴づけるのは非武士的、町人的な功利主義の横行なのであった。彼は言う。

（西洋から市民階級の思想を輸入した結果として）封建制度から、その精神の美點を引き去つて卑屈な隷屬關係のみをのこした奇妙な前近代的資本主義ともいふべき社會が生れ、それを地盤として、新町人主義とも呼ぶべき卑俗な功利思想が人心を動かすもつとも強い力になつた……

中村においてこの考えはよほど根深いものであるらしく、彼は福澤諭吉について述べた文章の中でも、福澤は日本人を金銭や財利への偏見を持たない武士にしようとしたのに実際になしとげたところは武士の町人化だったという意味のことを記している。同時代の功利主義が森鷗外にどう作用したかということについての中村の感想の一部を私は第一章の「舞姫」の項目で略述した。

それにしてもここまで言うのなら、日本の文明が町人主義に汚染されていなかった頃の全うな姿を復元することに努めればよさそうなものであるが、中村にそれをした形跡はない。これはこの文明批評家のいささか奇妙なところである。

さて文三を旧文明に、昇を新文明に所属させることは何とかわかるとしても、文三から離れて昇になびくお勢をすら文明批評的に見るということになると私にはもうよくわからない。若い女の心変りにまで文明批評の衣を着せなければならないのだろうか。「彼女［お勢］が無意識のうちに堕落の淵に沈んでゆくことで、作者［二葉亭］は外形的な西洋の模倣がその成功によつて國民の精神を陥れてゆく危機を寓したかつたやうです」と中村は言うのだが、二十代の二葉亭は本当にそういうことを考えながら「浮雲」を書いたのだろうか。

以上にざっと中村の「浮雲」観を紹介したが、ありていに言って、このことにおける中村は二葉亭以上に二葉亭的である。「浮雲」に新たなる文明批評の光をあてようとするのなら、中村の所論は洗い直した方がいいように思われる。その際留意すべきは、登場人物達を新旧と善意の基準だけで割切ってよいのかどうかということである。或は二葉亭の当初の意図の中にその基準が含まれていたとしても、出来上った作品がその意図に申し分なく添うものであったかどうかということである。

3　知識人像を求めて ―「知識階級」―

およそ「文明国」には知識人と呼ばれる人達が存在する。彼等の在り方に眼を向けて、その特質を問うことは一つの生産的な仕事であり、広義の文明批評であると私が言えば多くの人がそれに反撥するだろう。知識人は社会の中で一握りの少数の人達であるに過ぎず、彼等の特質は、彼等より圧倒的に多数の人々によって構成される文明の特質にかかわるものではないというのがその反撥の内容であろう。しかし果してそうだろうか。

知識人はその特殊な機能によって社会の指導者の施策や一般大衆の動向に影響を及ぼすことが少なくとも原則論的にはあり得るといってよい。彼等が孤立して他に影響する力を持たないように見える場合にも、その孤立が指導者や大衆の姿の何等かの反映であることはやはりあり得るというものである。知識人の研究を以て文明の研究とは無縁な好事家の遊びとすることはどう見ても正しくない。

　これから取上げる中村の「知識階級」は昭和三十四年（一九五九年）に発表された論文である。私はそれから丁度五十年後に拙文を書いている。昭和三十四年の知識人について言えたことの多くはもはや今日では言えないのではないかと読者は考えるかも知れない。しかし現代の知識人の祖形が五十年前の知識人の中に求められることは明らかであるし、中村に従えば、更にその祖型は彼から見て五十年前の明治末期の知識人の態度のうちに存している。こう見て来ると中村はこの論文を過去の一時期のエピソードの類としてではなく、むしろ近代日本の全知識人の運命に触れる真実を明るみに出したいという意気込みから書いたということが出来る。

　ここで用語のことを問題にすると、知識の授受をなりわいとする人々の群を知識階級として表すのは何とことごとしいやり方だろうか。そもそも知識階級の語が日本語として合格しているのかどうか疑わしい。武士階級や労働者階級はそこから階級を取払っても、その後に残る語はその階級に属す人間を指しているが、知識階級から階級を取去った「知識」は通常の語法では人間を指していないからである。しかもこの言葉は現代日本語の中で立派に通用している。私達の文明の一種特異な性格はこういう些細な事柄の中にも仄《ほの》見えているのではないだろうか。

中村が知識階級と書いているので、私も基本的にはそう書かざるを得ないが、彼が叙述の主たる対象としたのは明治時代の知識階級の移り行く姿である。中村はこのことで一つの図式を持ち出しているが、それは福澤諭吉の戯文「學者の三世相」に則っている。曰く、学者の第一世漂流人の時代、第二世人力車夫の時代、第三世お菰《こも》の時代。この第三については述べる機会がないのでここで説明しておくと、お菰というのは乞食のことであり、いずれ横文字を読む乞食が出現するだろうと福澤は予言したのである。

一国、一社会の中での知識階級の位置の変遷という微妙な事柄を図式で表すことの功罪は簡単には決められないかも知れない。学者知識人は文明社会の生き物であり、そうであるからには彼らの生命力は尊重されなければならないが、図式によって一からげにされた形では、それは局限されるおそれなしとしないのではないか。しかし福澤の抜群の直観力に支えられた三分法は知識階級の運命を正確に探り当てているようにも思われるので、ここでは中村のためにも、そのマイナス面よりはプラス面を重視することにしておこう。

第一世漂流人の時代とは旧幕時代の漂流人が外国の見聞と知識を持てはやされたように、明治初年の洋学者達が政府や諸藩県から歓迎されたこととの関連で、そう言ったものである。これは具体的には福澤をその一人とする明六社の人々を中心とする時代である。「彼等の思考においては、人間の幸福と『自國の利益』は離れがたく結びついてゐるといふより、まつたく同一のものであつた」と中村は言う。そして彼等には、「政府が彼等を雇ふのでなく、彼等が政府をたすけてやるといふ氣風」があった。そして彼等は少数の賢智として多数の愚不肖を救うことを義務と心得ていた。

知識階級が権力者にはならないまま、こういう特権的な状態を享受し得たことは日本のみならず外国にもなかったのではないだろうか。ここには私達の文明の他に例を見ない特徴の一つが――その何たるかは私にはわからないけれど――現れているような気さえする。中村がこの時代を「我國の知識階級の巨人傳説時代」とか「英雄時代」とか評したのは無理もない。

福澤が右の戯文を書いたのは明治十年前後だったそうであるが、中村によれば明治二十年頃には第二世人力車夫の時代が始まっていた。丁度人力車夫が客から命ぜられた通りに動いて得た金で生計を立てるように、知識階級は、「特權的な指導者の地位から、支配者たちに使はれる技術者に變つて行つた」のである。

中村はこの時代について説明する際にも森鷗外の「舞姫」と二葉亭四迷の「浮雲」を引合いに出している。この二つの小説は中村の文明批評意識によほど深く喰いこんでいるらしい。

この内、「浮雲」について一言すると、私は前項の結びの箇所で中村の「浮雲」評に苦言を呈したが、「知識階級」の中でのそれは、現実家の本田昇だけでなく理想家の内海文三にもエゴイズムを見たりして、割と客観的であり、読むに堪えるものになっている。このように「浮雲」に密着した文章よりはそれを論のために援用した文章の方が論者の精神の自由を感じさせることは皮肉である。

それはともかく中村は「舞姫」の中の言葉「器械的人物」に着目している。これは支配者の要求に応えて専門的知識を持つ道具になろうとしている人物のことである。中村にして見れば「舞姫」の豊太郎と「浮雲」の昇がそれであり、「二人とも出世のために自分の人間的感情を捨てる決心をしてゐる點では同じこと」なのだった。この人物評の当否はともかくとして、中村が知識階級の案外の非情さを浮彫りにして見せたことは重要であろう。

もっとも明治二十年代の青年知識人の多くは「浅薄だが堅實な樂天主義」に支えられて、自分が「器械」であることをさほど意に介していなかったという。ところが知識階級は追い追い、そのことに耐えられないようになり、その結果、自分達だけの特殊な世界を作ってそこに立籠り、時事からは目をそむけるに至った。知識階級と支配者及び大衆との疎隔が始まったわけである。

近代日本の知識階級を文明批評の見地から考察する時、最も注目しなければならないのはこの点であろうと思われる。何故なら知識階級であろうとなかろうと近代国家の国民は国家意識というものを欠いてはならない筈であるが、知識階級においてはそれが意識の片隅に追いやられてしまったからである。昭和時代の知識人が得てして政治を政治として位置づけることをせず、それに癒着する姿勢を示したこともこの事実と無関係ではないであろう。

中村の説明に従えば知識階級の意識的孤立という現象は日露戦争後の明治末年に顕在化した。彼はこのことにおける同時代人の証言を島村抱月と石川啄木に求めているが、啄木は当時の知識ある青年の声を次のようなものとして伝えている。

國家は強大でなければならぬ。我々は夫《それ》を阻害すべき何等の理由も有《も》つてゐない。但し我々だけはそれにお手傳するのは御免だ！

國家は帝國主義で以て日に増し強大になつて行く。誠に結構な事だ。だから我々もよろしくその眞似をしなければならぬ。正義だの、人道だのといふ事にはお構ひなしに一生懸命儲けなければならぬ。國の爲なんて考へる暇があるものか！

中村は前者の傍観型を精神界の住人の心情としてとらえ、後者の積極型を〔啄木の言葉に吊られる形で〕実業家志望の青年の心境として考えているが、両者ともに、「國家を自分のかかはりたくない惡、あるひは相手にするにたりない愚者の集團と見做すやうになつた」のである。百年前の状況を今日から想像することはむずかしいが、多分これがこの時期の青年知識人の実情だったのであろう。

さて中村論文の白眉と称すべきはその終結部である。以下に、長くなることを承知の上で、三つの節を引用することにする。

これ〔外部には通用しない自分達だけの價値感の中を生き西洋思想の動向にも詳しいこと〕は、彼等が啓蒙的熱情があつてはじめて正當化される選ばれた者の意識を、それをまつたくなくしたあとでも持ちつづけたので、それ以後の我國の知識階級の所産に、かならずつきまとふ精神の通風の惡さは、この矛盾にもとづくと云へます。

同時に彼等の觀念的であるだけに徹底した世界性もここにもとづくので、すべての思想が直輸入であり、生まの形で、我國の現實とかかはりなく示されれば、それでよいだけに、我國の知識階級ほど世界のあらゆる國々の最新の動向に通じてゐる人間はありません。

啓蒙的熱情を失つた啓蒙家、國内でまつたく無力な地位におかれた代償を、世界との觀念的な交流に求め、そのことによつて自分等の間だけに通用する學問と藝術をつくりだした知識階級の在り方は、天皇制國家の特異な産物であり、それを背景にしてはじめて可能なものであつたにしろ、現代の僕等の思想や感覺も、そこから強い影響をうけてゐる、といふよりそれをそのまま**踏襲**してゐるのです。

すでに述べたように私はこの文を、「知識階級」が発表されてから五十年後に書いている。今日の知識階級の状況と五十年前のそれをくらべ合せた時、両者がまったく同じであるとは考えられない。失われた国家像を再建しようとする試みが現代の一部の知識人の間で真剣に行われていることを私は知っている。しかしそうでありながら、私達の思想と感覚が五十年前の先輩達から、**踏襲**とは言わないまでも、強い影響を受けていることは疑えない事実である。中村の指摘はその力を今日にまで及ぼしていると言ってよい。

中村の知識階級論が否応なく感じさせるのは我国の知識階級の比喩的な意味での貧しさである。知識階級はたとい支配者や大衆から隔絶していても、本来的には、その機能を十全に発揮して自足した姿を示すべきものであろう。ところが中村の記述から、そういった趣きは伝わって来ない。印象に残るのはもっぱら貧しい姿である。その責任を誰かが取らなければならないのなら、もとより第一義的には知識階級がそれを取らなければならない。中村も知識階級と国家の間にまともな対抗意識さえ失われたことを評して、「むろんこれは彼等〔知識階級〕の無力を蔽ふための自己瞞着ともとることができます」と述べている。しかし知識階級の「自己瞞着」の責任は支配階級や一般大衆の側にもあったのではないか。いや、こういう問題では特定の「階級」にはこだわらない方がいいのかも知れない。敢えて言えば知識階級の貧しさは近代日本文明の貧しさの表れである。違った言い方をすると、知識階級をそこまで追いこまなければならないほど、近代日本の歩みは苦しかったのである。

私達をそういう考察に誘う点で、一篇の「知識階級」はたしかに文明批評的である。

五　福田恆存

1　文化人と民衆と ―「平和論にたいする疑問」その他 ―

この章に入って私はいささかのアイロニーを感じている。私見によれば福田恆存は明治以来、屈指の文明批評家であるが、前章で取上げた中村光夫が文明批評の語を濫発したのに対して、彼と同世代の福田はそれをしていない。福田は文明批評という概念にまったくこだわっていないように見える。文明批評的でありながらしかも文明批評を旗印にしないその姿勢を解きほぐして、それを文明批評に還元することを私は試みようとしているが、これはすでに取上げた四人の文明批評家の誰の場合よりも困難な作業になりそうである。

再び中村光夫の名を挙げると、前章の3で言及した彼の「知識階級」を批評した文章が福田恆存にある。中村論文より四年後に発表された「日本の知識階級」がそれであり、福田はその中で、中村が明治の知識階級を三期に分けたのを受けて、それ以後の知識階級をマルクス主義最盛期の第四期、戦争中の第五期、戦争直後の第六期、安保反対闘争後の第七期といった四つの時期に分けている。福田が一年間の外遊を終えて帰国してから平和論をめぐって一部の知識人、というよりはいわゆる進歩的文化人と論争した昭和三十年はもはや「戦争直後」とはいえないが、それでもこれは右の分類の第六期に入れるよりほかはない。

社会の中の少数者に過ぎない知識人、文化人の生き方や考え方をあげつらうことが広義の文明批評の名に値するであろうことについては前章で述べた。しかし平和論論争における福田と諸氏の応酬には今日では次の二つの理由からわかりにくいところがある。第一に平和論の背景をなす世界情勢が五十数年の間にすっかり変ったことである。米ソが冷戦において対峙し、ソ連の戦術的な平和攻勢に日本の多くの文化人が世界平和の夢を見た状況はもはやまったくの過去になりおわった。第二に福田の論争相手の主張は福田の引用によってしか知り得ないことが挙げられる。誰がどんな点で福田に反撥したのかという凡そのことはわかるとしても、彼等の主張のニュアンスまではわからない。これは論争の文章の一方の側だけを読む場合の宿命であろう。

平和論批判の形を取った福田の文明批評についての私の記述は何がしか不透明なものになるかも知れないが、福田恆存を文明批評家として扱おうとしながらこの問題を避けて通るわけには行かないのである。拙論の材料は「平和論にたいする疑問」以下数篇の論文であり、これらは一年以内に発表されている。

最初に書いておくと福田が疑義を呈したのは日本の平和論の観念論的で威圧的な偏向に対してであり、平和を望む心理に対してではない。なるほど彼は、「人間社會から戰爭は永遠に消えてなくならないでせう」と言っているが、これは想定される事実を率直に述べたまでであり、この発言を以て彼を戦争讃美派と見做すことは出来ない。福田は右の文に続けて、「平和も、平和を望む氣もちも永遠に存續するでせう」と書いている。

福田は平和論者への疑問を、二つの世界の平和的共存がどういう根拠で信じられるのかとか、アメリカと協力する手は考えられないのかとか、ヨーロッパ人がそうしているように今の平和を享受すべきではないのかとか、日本の平和論は外国では何の力も持たず国内では青年にすべての資本主義国を悪玉と思わせるだけではないかとか、様々に言い表している。私のこの要約からは充分には感じられないであろうが、福田が敵に回したのは社会主義の将来的な世界制覇を前提にした世界像である。しかしこのことは社会主義の崩壊を目のあたりにした現代人の興味をあまり惹かないであろう。何故、福田のどうということもない主張が昭和三十年頃の文化人を憤慨させたのか今日では多くの人が訝るであろう。

これは敵が倒れて自分も一緒に倒れたということであろうか。福田の一連の論文の現代的な、そして文明批評的な意義を彼の反平和論そのものの中にだけ求めてはいけないような気がする。注目すべきは福田が平和論の文化人を民衆に対比させたことである。民衆は言葉を持たず、論理を持たない。彼等がそれを持っていたら、そのように発言したのではないかと思わせるところが福田の言い方の中にある。福田自身（少し馬鹿正直な表現であるが）「自分もそのひとりである民衆の立場から發言した」と述べている。

福田は物事を心理的に見ようとばかりしているという文化人からの批判に応えて、彼は、「われわれ自身の心理的現實を毛ぎらひしたり恐れたりしてはならない」筈なのに、あなた方は自分と民衆の心理的現実を無視しているではないかとやり返している。福田にして見れば日本人はもともと心理的に動く国民であり、そもそも自己の心理に立脚した主体から現象や問題を遠ざけて扱うことは自己抹殺病である。

もとより平和論は全国民的な問題であり、それを声高かに叫んだ文化人は一応のところ、民衆を善導しようとする熱意に燃えていた。しかし彼等のその姿勢は福田の眼には次のように映じた。

上は高級な平和論から、下は私がいま例示した低級な匿名評にいたるまで、大部分のものは表むきにはつねに民衆の名を口にしながら、實情はそれを黙殺することによつて成りたつてをります。

あなたがたは民衆に甘い藥を飲ませ民衆とともに歩んでをられるやうな錯覺をもつておいでだが、それはある意味で大變な民衆輕蔑であることに氣づいてをられない。

このように福田の文化人批判は民衆にこと寄せる形で行われているが、これは文明論的に考えて重大なことであろう。文化人の、或はもっと広く知識人の価値観が民衆のそれと異なっていて差支えないことについては前章で手短かに述べたが、天下国家の帰趨というような事柄で両者が背馳《はいち》するとしたら、それはその文明の質にかかわって来るからである。福田の言にして正しければ、社会主義的な平和共存論に胡散臭さを感じる民衆の理解は正しく、文化人はその理解の仕方を間違えていることになる。再び福田の言を正しいと仮定すれば、何がこの背馳をもたらしたのであろうか。

ここで次の三つの節を読むことにする。

民衆は過去からしか現在を理解しない。いつぽう「文化人」は未來からのみ現在を理解する。ことばをかへていへば、「文化人」には未來がすつかりわかつてしまつてゐる。が、民衆は未來のことはわからないといふかたちで未來をつかんでゐる。

西歐の進歩主義者にとつて、未來はつねに未知の世界だつた。ある學説はいちわう見とほしがついてゐるが、それはあくまで假説にすぎない。ひよつとすれば、まちがひかもしれないのです。それを世界に押しつける畏れに似たものが、つねにかれらにつきまとつてゐたはずだ。

だが、西歐で實驗ずみの思想にしても、日本ではまだなのです。論理的に正しくても、それを扱ふ日本人の心理をも對象に入れて考へてみると、それが正しいかどうかわからない。

民衆の足が遅いのは、かれらがそれを實感してゐるからです。

右の第三の引用文が民衆の共産主義理解の特徴とそれに対する文化人の軽蔑感をめぐって書かれたものであることを付加えておこう。

民衆と文化人では未来をつかむやり方が正反対だというわけであり、これに西欧の進歩主義者の仮説の意識を合せて考察すると、ここまで言い切った論客は福田以後はいざ知らず、彼以前にはいなかったのではないかと想像される。そしてこれは昭和三十年頃の平和論だけで片づけられる問題ではない。福田の見る通りであるのなら、明治以後の知識人が西欧の思想を受入れた際の手つきの真偽が問われなければならず、そうするとここでは私達の近代文明の性格の一端が示されているのだと言えそうである。

しかし私には福田の議論でよくわからないところがある。それは「なにが惡でも、なにが善でもないといふ現代日本人の非倫理的性格」を指摘した箇所である。なるほど「個人倫理はあくまで社會や國際間にまで道を通じてゐなければならない」、「たとへ國際間の背徳でも、それは個人倫理と同様、罪であるといふ觀念はなければならない」とは言えるであろう。福田がこの見地よりしてソ連のやり方を認めないことは結構である。

そして福田が、「平和問題も、この日本人の非倫理的性格から發してゐる」とか「平和といふことの華やかなことばのかげには倫理の陰翳《いんえい》がすこしもない」とか言う時、当然のことながらこれは平和論者への批判として読める。が、それなら、次の批判をそれと同列に置くことが出来るだろうか。

現代の日本では、だれもかれも儒教倫理は封建的だとか、教育勅語は皇室中心主義だとか、悧巧さうなことをいひますが、それなら、私たちはほかにどんな倫理をもつてゐるのか。いつたい倫理をもつてゐない國民といふものがありうるでせうか。世間態《てい》を倫理と勘ちがひして、すましてゐる國民といふものが、世界のどこにありうるか。

この一節で批判されているのは果して文化人だけであろうか。文脈から推して福田は文化人や民衆といった区別を超えた現代の日本人全体の態度を疑問視しているように思われるのだが、どうだろう。福田の反平和論からは文化人より民衆の方がずっと倫理的だという印象を受けるが、視点をずらしてその民衆にも非倫理的性格を看て取ることを一概に矛盾としてしりぞけるわけには行かない。「世間態を論理と勘ちがひして、すましてゐる國民」という場合の「國民」はまさか「文化人」の別名ではないであろう。

話がここに至ると昭和の「平和論」時代の、或はそれより包括的に見て近代日本の文明的特質を明らかにするためには、そもそも日本人とはどういう民族なのかという根源的な地点にまで溯らなければならないことになる。平和論論争と平行して執筆されたらしい「日本および日本人」が考究されねばならぬ所以である。

2　日本人とは何か ―「日本および日本人」―

文明を構成するものは人間であり、そうであるからには文明の特徴はその中で暮す人々に共通の特徴と密接不可分の関係にあるといえよう。近代の日本人はそれに先立つあらゆる時代の日本人の子孫であるのだから、彼等の通時的な特徴が発見出来れば、それは近代日本の文明の真姿を解明し、批評することに少からず役立とうというものである。そういうもくろみの下で書かれた「日本および日本人」はまことによく出来ている。いや、忌憚《きたん》なく言えば、それは出来過ぎているのである。

福田はイギリスの歴史家ジョージ・サンソムの日本に関する言説を引合いに出したりして、

自然に育まれながら民族としての形成を遂げた太古の日本人は繊細な美感、美意識を身につけたと述べている。そしてそれは連綿として歴史の中を生き続け、現代にまで至っている。ただ残念なことに明治以後はそれが大分荒されてしまったのである。

ここまでの話にはあまり異論は出ないだろうと思うが、福田の主張の根幹はもっと先の方にある。彼は日本人の精神と生活における他のあらゆる要素を古来の美意識の外には出られないものと考えている。福田にして見れば日本人には、「社會的關心が缺けてゐると同時に、道徳的關心も薄弱である」のだが、その理由も私達の美意識の中に求められると彼は言做し、その論を次のように続けている。

私たちの祖先は、死や病ひと同様に、我を、エゴイズムを、このうへない醜いものとして卻《しりぞ》けてきたのであります。死や病ひを醜いものとして卻け、それを祓《はら》ひ清めることによつて、その支配下から脱するといふ態度からは、いかなる科學も發達しなかつたのですが、同様に、エゴイズムを醜しとして卻け、それを祓ひ清めて和に達するといふ態度から、道徳の問題も、社會の問題も發生する餘地はありませんでした。

右の文中の、「（エゴイズムを卻けて）和に達するといふ態度」は言換えれば、「相手と自分のあひだに摩擦のない状態を無條件に喜ぶ」態度であろう。この点で日本人は西洋人からかけ離れている。

要するに福田の考えでは、美意識に支えられた和合と調和が日本人のすべてなのである。「日本人は、いかに論理的に正しくても、全體の調和を缺いたものに對しては、本能的に疑ひをもつのです」と彼は言う。

道徳に関して福田は「みえ」という言葉を持出している。最近それは虚栄心と同じものと見做されがちであるが、元来はそうではなく、対人関係において「きれい」であることの昇華したものが「みえ」なのであった。

對人關係において、他人のおもはくを氣にする「みえ」は、いはば仲間うちの秩序意識であつて、それが私たちの祖先のあひだでは、道徳の代用をしてゐたのにほかなりません。それはカトリックの公教要理のやうな外在的なものではなく、もつと融通のきく、したがつて、自己の責任ある判斷にもとづく「自主的」なものでありました。

以上に福田の日本人観を紹介を旨としながら概括したが、これが批評ということになると、彼の所説に正面からの反論をすることは私には出来ない。一つの民族がその成立に際して獲得した意識と感覚は時代が降ってもなくなる筈はないというものである。古今を通じて日本人の一切の営みがその美感、美意識より発していることについての福田の論は完璧であると言ってよい。強いてその問題点を挙げるとすれば、妙な言い方かも知れないが、それが完璧であることそれ自体であろうと思われる。日本人の在り方に関して福田の言からはみ出るものはないと言えるかどうか。もしあるとすればそれは何であるのか。

福田は日本人の恋愛がその美感に浸っていることの一例として江戸時代の心中を挙げている。「現代人は、淨瑠璃のなかに出てくる心中を、封建社會において傷めつけられた男女の悲劇ときめつけますが、そんなかんたんなものではなかつたでせう」。現実の社会では大して多くなかった心中が何故文学にまで昇華したのかといえば、それは、「男女關係のもつとも純粋で『きれい』な形式は心中であるといふ美感が働いてゐるからです」と福田は述べた。

ここまでは福田の言う通りだろうが、彼が話をもっと一般化し、「(日本人は) 戀愛そのものよりは、戀愛の情緒、およびそれに附隨する風物を、男女がたがひに協力して、極端に装飾化し様式化していつた」という視点に即して、或はそれに即し過ぎて、「戀愛も日本人のばあひ情熱ではない」と言ってのけたことはどう見ても誤りである。規矩準縄を超え、美感にさえ背を向けた情熱恋愛が日本人の間になかった筈はない。

情熱恋愛が美感に背を向けながら、しかもそれに支配されるであろうことは私も認めるが、この問題における福田の言い方はあまりにも一意的である。美感が働くところに情緒はあっても情熱はないとどうして言えるのか。

次に気にかかるのは日本人の道徳と外来思想の関係である。「(往昔の日本人は）儀式上の不潔と道徳上の罪過との間に、全然區別を認めてゐなかつた」、「いやなもの、淨《きよ》めねばならぬもの、贖《あがな》はねばならぬのは、罪ではなくて穢れである」というのはすでにその名を記したイギリス人サンソムの指摘であるが、福田の考えはその延長線上にあり、そこから日本人には道徳感がないという結論が出て来る。しかし私見によれば、この展望の裏にはもう少し微妙な眺めがある。

正邪善悪に関する日本人の観念の根底に美感があることは疑えず、もし道徳を内包する思想、宗教が外国から伝わって来なかったら日本人はずっと道徳的不感症であり続けただろうとは言えそうである。福田はこのことをめぐって、上代仏教の無常観や禅宗の没我思想は結局のところ、「自他未分状態の神道的生活態にうまく包みこまれてしまつた」と説いている。それはそうに違いないのだが、それでは上代仏教も禅宗も日本人の精神を何ほどか新しくしたとは言えないだろうか。

もっとも無常観や没我思想はそれだけでは道徳の基準にはなりそうもないが、仏教と同じく日本人に甚大な影響を及ぼした儒教は明らかに一つの道徳として作用した。儒教道徳は武士階級だけを拘束したとするのは皮相な見方である。それは武士を頂点とする全日本人に道徳を仰ぎ見させる力を揮ったであろうと私には思われる。

ただ明治以後、これは福田も認めていることであるが、仏教はもとより儒教も衰退して道徳的空白が拡がり、戦後になってその傾向はますます甚しくなった。福田が進歩的文化人を批判した前項で現代日本人の非倫理的性格について述べたことが想起される。

日本人の道徳感がその美意識と不可分の関係にあることは認めるとしても、私たちの道徳の問題はそれだけでは片づけられないのではないだろうか。

以上に見て来た福田の日本人観は（私がこの項の最初に記したことであるが）日本という文明を構成する日本人の古来変らぬ性情を明るみに出した点で文明批評としての資格を備えている。しかし福田がもっと直接的な意味で文明批評的になるのは「西洋の近代にゆがめられた日本の醜さ」に言を及ぼすことにおいてである。

これは落着いて考えれば誰にでもわかることであるが、それぞれの歴史に看取されるところの日本人の生活と西洋人の生活の根本的な違いは仲間うちと仲間そとの違いである。そこで福田は次のように言う。

同胞が仲間うちである集團生活に、他人を自己の敵と見なす外國の生きかたがはひつてきたとき、すなはち、自分で自分を守るか、さもなければ、權利義務といふ契約によつて自分を守るか、さういふ西洋の仲間そとの對人關係を押しつけられたとき、明治の日本人が、それによつて利益を得るよりは、失ふところが多かつたのは當然でありませう。

その通りであると思うが、私としてひとこと付加えておきたいのは、この文が発表されてから五十数年後の今日では、日本人同志の関係にも、「西洋の仲間そとの對人關係」がかなり自然に入りこみつつあることである。これは止むを得ないことであろう。

福田は次のようにも言っている。

近代日本の弱點は、その封建性にもとづくものではなく、ひとへにその似而非《えせ》近代性にもとづくものなのであります。つまり性急な近代化、無批判的な近代化、そこに混亂の原因があるのです。けつして封建日本の、あるいは日本人固有の弱點ではありません。

この文の背景を考えると昭和三十年頃には日本の封建性を告発する声が大きかったのであろう。最近はそれほどでもないようだが、それでも古い日本人の生き方を感情的に否定して、外国人の得手勝手な言い分に迎合した奇妙な人権思想が幅を利かせている現状を顧みると、私達の国には「似而非近代性」があると思わざるを得ないのである。

つい腹立ち紛れに自分の主観を書いてしまったが、人権ということは人間を超えた何物かを前提にしなければ成立ち得ない概念である。さもないと人権はエゴイズムの同義語になる。この点に徴して、福田が絶対者を持つ西洋人とそれを持たない日本人を対比させたことは興味深いが、拙文のこの項をこれ以上長くしたくはないので、この問題には触れないことにしておこう。

3　国語の正統表記を求めて ―「私の國語教室」その他 ―

次に取上げるのは国語国字問題に対する福田の態度である。もっとわかりやすくいえば戦後に強行された現代かなづかいの制定と漢字制限への彼の抵抗であり、反対意見である。こういう事柄を文明批評の枠内で扱うことには異論も出るだろうが、前項の最初に私が、文明を構成するものは人間であると書いたことを想い起して頂きたい。人間があるところには言葉がある。見方によれば人間はすなわち言葉である。そして言葉にはそれを表記する文字があり、言葉と文字を結ぶ表記法は法則を持っている。その法則が整ったものであるかないか、更にそれが守られているかどうかは、文明の質を大きく左右すると考えてよいだろう。国語国字問題における福田の発言を一の文明批評と見做す所以である。

この問題をめぐる福田の論考は相当の数に上るが、以下の引用は、主に、その中心をなす「私の國語教室」とそれに先立つ「金田一老のかなづかひ論を憐れむ」からのものである。これは両方とも新仮名と当用漢字が制定され、公布されたより後の昭和三十年代の文章である。

ここで読者にことわっておきたいことがある。私は福田によってしりぞけられた現代かなづかいを本書で使用しているが、それは現代かなづかいを信奉しているからではなく、現下の社会情勢と予想される読者層のことを考えたからである。すなわち私の現代かなづかい使用は状況に配慮するところに生じた一つの便宜である。今や社会の各層で広く用いられているかなづかいに義理立てをして悪いことは少しもないであろう。しかしこの段落の前後から充分察してもらえるだろうが、文字の表記法というものは通念に反して、文化と文明の根幹にかかわっている。こういう問題では一度流行から離れて、原理原則に目を凝らすことが望ましい。読者には是非、地の文のかなづかいを気にしないで、福田の主張によく耳を傾けて頂きたいと思う。読者がその努力を惜しまなければ、この章に先立つすべての章に見られる、引用文と地の文のかなづかいの相違から、単なる執筆年代の差を超えた何かが感じ取られる筈である。

国語国字の表記について論じるためには、その前提に国語観、言語観そして文化観がなければならない。この第三の文化についていえば、言語もその文字表記も、それは文化なのだと考えなければならない。福田は或る言語学者の、「言語はあくまで知識の手段である。目的ではない」という言語道具説を否定して（発表の論文は異なるが）「言葉は文化のための道具ではなく、文化そのものであり、私たちの主體そのものなのです」と述べている。言語道具説は今でも学者などから聞かされることがあるけれど、それは言語が人間の中に深くおろした根を見まいとする態度より発した不思議な考えであり、この点では一般大衆の方がよほど健全な感覚を持っているように見える。

右に一般大衆と書いたが、大衆には現代かなづかいによる口語を与え、歴史的かなづかいによる文語はその方面の専門家の手に預けておけばよいのだという国語国字改革論者の主張を福田は次のように評している。

専門家だけが昔のかなづかひに習熟し、漢字をたくさん勉強して、書齋のなかで古典を樂しんでゐたからといつて、一體そんなことが日本の文化とどういふ關係があるのでせうか。（中略）一番大事なことは、専門家も一般大衆も同じ言語組織、同じ文字組織のなかに生きてゐるといふことです。同一の言語感覺、同一の文字感覺をもつてゐるといふことです。

福田において人間と文化と言語は不離のものであり、人間が生きているように、そして文化が生きているように、言語も生きている。それが文明の在り方である。戦後の国語国字改革に対する彼の批判を要約すれば、それは言語という生命体を毀損《きそん》することに向けられている。彼は次のようにも記した。

言葉は生き物です。今日、使はれる言葉はすべて生きてゐるのだし、過去に使はれた言葉もすべて生きてゐるのです。したがつて語意識も生きてゐる。人がみづからそれと氣づかぬ場合にも生きてゐる。

右の文中の「語意識も生きてゐる」を補足説明すれば、手綱には「綱」の語意識があるから「たづな」と書くべきだが、絆・生綱にはそれがないから「きずな」と書けという指示の非を唱えたものである。

一見些細な問題である文字表記が実は文化の問題であり、拙論の用語を持出せば文明の問題であることを福田は明らかにしたと言ってよい。彼の熱っぽい語調の背後には時代を問わぬ日本人の生が仄見えているような気さえする。

まったくのところ、一国の言語は悠久の生命体であり、それが必要とする文字とその表記法は言語の生命を支えるのだから、見かけはどうあろうと実際には文明の問題であろう。文字表記がいい加減なものであれば、それに引きずられる形で言語はいい加減なものになり、その場合には自ら文明の質は低下しようというものである。

戦後の国語国字改革は国字の表音文字化を目指す現代かなづかいを生み出し、漢字においては当用漢字としてその使用を制限した。この前者についていえば、現代かなづかいの支持者、推進者の中にも、完全な表音主義の手前で立止まる人々――究極的な勝利を収めたのは上記の人々であるようだが――と、かな文字論者、ローマ字論者のように国字の徹底的な表音文字化をもくろむ人々があるという。このかな文字論やローマ字論は国字から漢字を追放するものであり、漢字を媒介にして生命を保っている漢語が私達の言語生活の中に占める割合を考えると、この議論は文明を破壊する暴挙であり、狂気の沙汰であるとしか言いようがない。こういう主張をする人々が国語審議会の中でかなりの勢力を占めていたことは文明の奇観と称すべきであろう。私達の文明の中には時として得もいわれず不思議なところがあるように思われる。現在行われている現代かなづかいの制定者は、仮名は音声を写すものだという観念に執している。歴史的かなづかいは千年前のかなづかいであり、自分達の手になる現代かなづかいは現代語音にもとづくのだという主張がそこから出て来る。福田はそれに反対して、歴史的かなづかいは決してそういうものではなく、それは本来かな文字が表音文字であることを重々承知しながらしかもそれに表意性を持たせようとする二元論の上に立つ普遍的なかなづかいなのだと述べている。そして福田は「表音的假名遣は假名遣にあらず」という述作を著した国語学者橋本進吉の考えを受けて、「表記法は音にではなく、語に随ふべし」という原則を立てている。

語と音または音声と。上記二者のどちらに重きを置くかが二つの立場の岐れ路のようである。福田自身、『歴史的かなづかひ』と『現代かなづかい』とは、語に忠實か、音に忠實かといふ點で、本質的に方向を異にするものであります」と説いている。文字と音声の関係について、「文字言語は音聲言語と全く役割と次元を異にしてゐる」と考える福田は次のようにも記した。

音聲が文字を規制し、文字が音聲を寫すだけでなく、一度出來あがつた文字は音聲を規制することがあるし、少くとも音聲から離れて別箇に行動するものであり、それを許さなければ文化も文明もありえないのです。

福田によりこのようにして文字の自律性が強調されている。

現代かなづかいの中には一音一字、一字一音という原則があるが、誰でも知っている通り、この原則には例外がある。「僕は君をそこへ連れて行こう」という場合の助詞「は」「を」「へ」は「わ」「お」「え」ではなく、特に「を」は間違っても「お」と書いてはならないというのだが、もとよりこれは表音主義の立場に立つ限り無茶苦茶な話である。或る文部官僚はこのことで、「これまでの書記習慣と妥協して、旧かなづかいの一部が残存している」と説明したが、福田に言わせればそれはまやかしであり、実状は、「書記習慣」ではなく異種の原則を持つ歴史的かなづかいが残存しているのであり、それは「國語の生理が表音主義に謀叛してゐるから」である。「國語の生理」は文明批評家でなければ思いつかない表現かも知れないが、国語を持続する生命と観ずる時、この表現に不思議なところはない。現代かなづかいの中に「は」「を」「へ」を残した改革論者達も、この点では、自分の語意識の中にある「國語の生理」に勝てなかったということだろうか。

ここで国語国字改革の時代背景に目を移すことにする。現代かなづかいと当用漢字表が内閣訓令・告示によって公布されたのは昭和二十一年（一九四六年）十一月のことであるが、いうまでもなく当時の日本はアメリカ軍の占領下におかれていた。そして占領軍は勝者の常として敗戦国日本の制度と文化を蹂躙した。このことについて福田は次のように述べている。

私はアメリカ文化と日本文化は相容れないものであると考へる。ですから戰後の占領政策で、なにより迷惑だつたことは、學制改革と國語國字改良指令のごとき暴擧であります。

この文は国語国字問題ではなく、平和論における文化人批判の文章の一節なのであるが、問題にしなければならないのは、占領軍による「國語國字改良指令」が実際にあったのか、あったとしてそれはどの程度のものであったのかということでなければならない。

福田によれば、占領軍当局は文部省の国語課を廃止して研究機関である国立国語研究所を設立させようとしたが、国語課は人脈を通して当局に働き掛け、その結果、国語課は存続し、国立国語研究所も設立された。このことにおいて福田は臆測とことわった上で、右の働き掛けは、行政機関の手を借りないと日本の国語問題は片づかないという形で行われ、「國語簡單化を腹にふくんでゐるアメリカ人の意を迎へたのではないでせうか」と言っている。この臆測が正しければ占領軍は「國語簡單化」という国語いじりをもくろんでいたことになる。

福田は一方では、「戰後の國字改革は、なるほど占領軍の強制ではないが」、それは戦争中に一部の文化人が軍部に媚びたのと同様のやり口で行われたと決めつけ、この指摘に続けて次のように書いている。

しかし、それ以上に問題なのは、さういふつもりで提出した漢字體改革案がC・I・Eの擔當官ハルバン氏によつて、「傳統的な文字の變改は熟慮を要する」といつて一蹴されたはずであるのに、どうしてそれが行はれたかといふことです。

そうすると国語国字の問題に関しては日本の国語屋より一部のアメリカ人の方が見識を持っていたという奇妙な話になる。

福田が占領軍の暴挙として指弾した「國語國字改革指令」は言過ぎかも知れない。しかしこのことで福田を責めるのは酷であろう。国語国字改革における占領軍の役割というようなことは綿密な資料によらなければその全貌を窺えず、昭和三十年頃の福田にはそれは無理だっただろうからである。私達としては福田の記述から二つのことをたしかめればよいのではないか。一つはアメリカ占領軍が積極的ではないにしても出来ることなら国語国字の生命力を弱めたいと願っていたらしいことである。もう一つは一部の日本人が彼等の威光を借りて好き勝手に振舞ったことである。福田は、「例の『國語白書』においてもアメリカの教育使節團が提出した報告書を楯にとり、國語の表記法が複雑なため、文化の向上が妨げられてゐると述べてをります」と言う。

以上二つの内の後者は文明の問題として重大であろう。敵から及ぼされる破壊力に抗するどころか、それを利用して自己の野望や一方的な思想の実現を図ろうとする心性がここにある。国語国字の問題に限らず他の領域にも同じことは見られるのであり、それは今日にまで至っている。昔のことは私にはよくわからないが、日本の歴史の中では似たようなことが何度か起ったのかも知れない。もしそうだとすれば、「私達の文明の中には時として得もいわれず不思議なところがあるように思われる」という私の前言は無稽《むけい》の言ではないことになろう。

さて福田が次のように書いたのは国語国字論争から約三十年後のことである。

かうして幾多の先學の血の滲むやうな苦心努力によつて守られて來た正統表記が、戰後倉皇の間、人々の關心が衣食のことにかかづらひ、他を顧みる餘裕のない隙に乘じて、慌しく覆されてしまつた、まことに取返しのつかぬ痛恨事である。しかも一方では相も變らず傳統だの文化だのといふお題目を竝《なら》べ立てる、その依つて立つべき「言葉」を蔑ろにしておきながら、何が傳統、何が文化であらう。なるほど、戰に敗れるといふのはかういふことだつたのか。

この文は高度の文明批評意識に基いて書かれたと言えるのではないだろうか。「戰に敗れるといふのはかういふことだつたのか」という呟きは私には量り知れない重みを持つもののように感じられる。

六　江藤淳

1　明治の先達 ――「〝利〟と〝義〟と」「国際化の光と影」など――

私の前に置いてある『新編江藤淳文学集成』全五冊の1は「夏目漱石論集」と題され、2は「小林秀雄論集」と題されている。1を開けるとその巻頭にあるのは二部構成の「夏目漱石」であるが、これは江藤が慶應義塾大学の学生だった頃書いたものであり、彼の処女作である。その後も江藤は漱石を追求し続け、彼についての許多《あまた》の論考を著した。

2についていえば、その劈頭を飾るのは同じく二部構成の「小林秀雄」であり、昭和三十六年にこれが単行本として出版された時のことが私にはなつかしい。これは江藤の名を一躍高からしめた出世作であって、私自身、この時初めて彼の名を知った。江藤は同時代人の小林を終生師と仰ぎ続け、折に触れて、彼の文業の意味を解き明した。

どうしてこんなことを書くのかというと、近代日本文学をかじった人なら誰でも知っていることであるが、夏目漱石と小林秀雄はまったく異質の文学者であり、この二人の研究をライフワークにすることは通常あり得ないからである。しかし江藤はこの難事業を自然にやってのけた。

そして右集成の3は「勝海舟論集他」である。近代日本成立の立役者の一人であったともいうべき海舟についての江藤の論考も随分多く、こう見て来ると、彼の本業は文藝批評であったとはいえ、そのパースペクティブは近代日本のすべてに及んでいたと言えそうである。それを裏づけるものが文明批評的な意識であるのは当然予想されることであり、事実、江藤は数々の文明批評的な文章を残した。その真偽を検証することが私達の務めである。

前章までに取上げた文明批評家達は文明開化という現象によって代表される明治の近代化に対し、それぞれの流儀において批判的であるが、その点、この章の江藤淳が明治という時代を大らかな肯定の眼で眺めていることには注目させられる。彼がその「明治の日本人」の中で説くところによれば、「明治人の中では、在来の伝統的な要素と新しく西洋から摂取した文化との要素が一人の人格の中で、その人格を触媒にして、お互にぶつかり合って燃焼していた」のであり、「一種の精神の核融合反応を日本人がみんな一斉に志し、実行したのがこの明治の時代であった」のである。

こう言ったからといって、他の文明批評家達の目に映じた明治の弱点が忘れられてよいことにはならないが、これはこれで一箇の傾聴に値する議論であろう。

幕末に徳川幕府の高官だった川路聖謨《としあきら》は立国の大本を論じて、日本が主を重んずる義の国であるのに引きかえ、西洋諸国は商売の法を以て組立てられた利の国々であると述べたのだそうである。川路のこの言は開国という避くべからざる状況の中から、西洋との接触の危険性を説いたものであるが、これを裏返して考えると、利の国である西洋との間にまっとうな関係を結ぶためには、義を義としたままで、それとは一見相反する利にも目を向ける必要があることになろう。敵の武器の性質がわからないようでは敵と戦うことは出来ない。この点から見て明治日本が軍備の増強に努めたことは当然だったと言わなければならない。

明治時代の功利主義が今日の眼には非人間的なものとして映りがちであることには拙論の森鷗外の章でもごく簡単に触れたが、もし利の追求が決して義を排除せず、むしろその逆に義を包摂し得るという視座が獲得されれば、それは新時代の指針として、また思想として歓迎すべきであろう。江藤がその「〝利〟と〝義〟と――陸奥宗光と星亨」の中で試みたのはそういうことだった。

いうまでもなく陸奥宗光は伊藤博文の片腕として条約改正の問題や三国干渉の処理に力をつくした政治家であるが、もと紀州藩の上士だった彼は同輩の津田芝山と共に「(孟子の)『仁義』と『利』とを百八十度顚倒させ、儒学的価値構造から『利学』的価値構造への転換を行った」と江藤は述べている。日本の安全を保証していた閉された海が蒸気船の出現により、突如として、それをおびやかす開かれた海になった。それならどうしてその事実を逆用し、海外に進出して貿易の利を求めようとはしないのか？

ここまではわかりやすい話であるが、当然のことながら、問題は利の追求がどんな点で、どのようにして義と交わるのかということである。江藤によれば陸奥の「利学」において「〝利〟と〝義〟とは究極的には背反するものではなく、〝大利〟の追求は〝義〟の実現につながるものと考えられていた」のであり、そうであるなら、陸奥はその「利学」の中に利のかたちと義のかたちを覗かせていなければならない。

江藤は陸奥の「面壁獨語」から、彼が亡友の坂本龍馬を論じた一節を引用している。

此龍馬、人苟《いやしく》も一個の志望を抱けば、常に之を進捗するの手段を図り、苟も退屈の弱気を発す可《べ》からず、仮会《たと》ひ未だ目的を成就するに至らざるも、必ず其之《これ》に到達すべき旅中に死すべきなり、故に死生は到底之を度外に置かざる可からずと……

陸奥はこの一節を、「人は有限の生命を以て、無限の志望を抱く者なり」という私見で締括っている。

さて江藤はこの一節を次のように解説した。

ここにいたって、欲望の概念、つまり陸奥のいわゆる「情欲」は、明らかに形而下な欲望から飛躍して、「死生は到底之を度外に置かざる可からず」という「志望」に転換されています。換言すれば、「有限の生命」を超える「無限の志望」の実現を求めるのが、「最も貴重すべきの情欲」だという以上、この「情欲」は当然自己否定の契機を含むということにならざるを得ない。つまり、陸奥の「利学」は、そのなかに〝利〟を否定し、〝義〟に転換し得る契機を含んでいたということになるでしょう。

ここに転記した陸奥のそれも江藤のそれも美しい文章であり、出来ればその通りであって欲しいと思うが、気懸りなのは江藤の末尾の一文と陸奥の文章の関係である。龍馬の一般論的な主張を陸奥がそのまま受入れたというだけでは、彼の「利学」の中の利が義に転換し得るという結論は直接的には出て来ない。一歩譲って陸奥が龍馬の精神に感奮するところからその「利学」を始めたのであるとしても、江藤の説明によっては、陸奥における利のかたちも義のかたちも読者の眼に映らないのである。肝腎なのは当面の事柄における「志望」と「自己否定」のもっと鮮明で具体的な姿ではないのか。

陸奥の後継者たる星亨についての江藤の記述にも同じようなことが言えそうである。陸奥亡き後の明治三十年代の政界に実力者として君臨した星は東京市役所の汚職事件に関係したこともあって反感を買い、明治三十四年（一九〇一年）、刺客の手に倒れた。星はイギリス仕込みの豊かな学識の持主だったにもかかわらず、黒岩涙香を社主とする「萬朝報」の論客達はその事実には眼を塞ぎ、彼の生前にも死後にも口を極めて彼を罵倒したのであるという。それは星を、利に狂奔して義を忘れた金権政治家と見做した上でのことである。

江藤が引用している「萬朝報」掲載の幾つかの記事からは私も、義のための義を叫んでいるだけだという印象を受けるが、それでは星がなりふり構わずいそしんだ利の追求はどのような仕儀で義の道に通じていたのか。

そのところがよくわからないのである。江藤は当時の庶民が知識人とは逆に星に共感を示したことに着目し、「〝利〟の思想は、星によって〝私〟の領域から〝公〟の領域に転換させられた。庶民の眼には星の追求する〝大利〟のかたちが見えていた」と言うのだが、そうであったとしても、その「〝大利〟のかたち」を現代の私達の前に現すことが出来なければ何にもならないであろう。

近代資本主義社会における利と義の関係は文明の問題として重大である。しかし江藤のこのことでの文明批評は、意あって言葉足らずとでも言えばよいのか、ともかく不透明である。とはいえ、「われわれの前で、海は依然として開かれたまま」であるのに、「戦後における〝利〟の公認は、水平線の彼方にまでひろがる意識の覚醒を伴っていなかった」という指摘はその通りであろう。

唐突ではあるがここで言葉の使い方に苦言を呈することにする。言葉は人間と並んで文明の基本だからである。これから取上げる論文の表題は「国際化の光と影――明治の經驗を顧みて」（傍点、引用者）であるが、「国際化」というような根のない、ふわついた言葉を使うことはそれ自体が文明批評の対象になりかねない。もっともこの論文の基は通商産業調査会での講演であり、聴き手の性格に配慮して「国際化」と言わざるを得なかったと考えられないこともないので、私の苦言はここまでにしておく。

明治二十二年（一八八九年）に外国人の内地雑居すなわち日本国内で外国人が日本人と一緒に居住することの是非をめぐる論争が行われた。これは今日では考えられない話であるが、その背景には大隈重信が実現させようとしていた治外法権の撤廃を求める動きがあった。

在野の経済学者・田口卯吉はその講演「條約改正論」の中で、内地雑居を擁護したのだそうである。彼は言う。日本の誰それは漢王の子孫であり、誰それは高麗王の子孫であるが、立派に愛国者として振舞っているではないか。日本人と外国人を明確に区別する必要はない。おそろしいのは今のような外国人居留地の存在である。現に東インドはイギリス人の居留地に滅ぼされたではないか……

一方、官学の哲学教授・井上哲次郎は、江藤によればハーバート・スペンサーの社会進化論に準拠した「内地雑居論」において正反対の論陣を張った。

外国人の、具体的には欧米人の内地雑居を認めたりしたら、日本人は欧米人と競争しなければならなくなるが、そうなったら精神的にも肉体的にも日本人より格段と上の欧米人が勝つに決っている。挙句の果てに日本人は欧米人の頤使《いし》に甘んじなければならないことになろう。以上が井上の反対論の骨子である。

江藤はこの二人の主張を次のように結びつけている。

明治二十二年の段階で、一挙に抜本的にやると危険である。つまり、自立自存の基礎を強化しておかないと、内地雑居、つまり国際化は危険な要因になり得ると説いているという意味で、井上哲次郎の議論は田口卯吉の議論と表裏一体をなしているものと思われます。

多分そういうことなのであろうが、文明批評の見地からは、内地雑居という言葉の歴史的な背景が気にかかる。

田口が唱えた一部の日本人の外国起源説は読んでいてまことに面白いが、よく考えると無茶な議論である。その昔、異なる人種系統の人々が日本列島に住みつき、彼等は追い追い稲作と神話を共有するようになり、前章の表現に従えば自然に鍛えられて繊細な美意識を身につけ、その結果、日本には世界にも稀に見る均質な民族が成立した。どう考えてもこれが日本人の出発点であり、日本文明についての考察はこの事実から離れられない筈である。

このようにして誕生した日本民族は以後、外国人との「内地雑居」を一度も経験しなかった。様々の時期に登場した渡来人は例外なく日本古来の風土に呑みこまれた。

そのいわば無菌状態の中でいつの頃からか、そして何の故を以てか育まれたのが海彼の国々への憧れと劣等感であったように見える。井上に見る欧米への感覚はその明治版であろう。井上が「内地雑居論」をベルリンで書いたことを思う時、当時の彼は欧米人と「雑居」していたわけだから、事柄は尚更重大である。彼我の頭の形まで持出す井上の日欧比較の自虐ぶりには苦笑せざるを得ず。しかも彼はその欧州崇拝を堂々と告白している。明治大正時代にいちじるしかったらしいこの心性は少しづつ形をかえながら、アメリカ占領時代を経て、今日にまで伝わっているといえよう。

以上のことは井上の内地雑居反対論が彼なりの憂国の至情に基くものであることを承知の上で記した。

江藤によって紹介された明治の先達を介して私達は日本文明の特質に思いを馳せることが出来そうである。

2　戦後の精神への疑惑
―「〝戦後〟知識人の破産」『ごっこ』の世界が終ったとき」―

昭和三十五年（一九六〇年）は日米安全保障条約の改定をめぐり、五月から六月にかけてそれへの激しい反対運動が行われた年である。結局、新安保条約は成立し、反対派は挫折したが、江藤はこの騒動が未だ収まらぬこの年の秋に「〝戦後〟知識人の破産」を発表して、安保反対を唱えた知識人達を批判した。

江藤の批判は丸山眞男や清水幾太郎などの急進的な反対論者だけでなく、「戦後十五年間というもの、知識人の大多数がその上にあぐらをかいて来た仮構の一切が破産した」という言い方で「知識人の大多数」にまで及び、更に彼は、この問題の根源は昭和初年のマルクス主義運動や近代日本の知識人の位置に溯るであろうとさえ述べている。中村光夫の章で見た通り、話がここまで拡大すると、それは単なる目先の当事者との喧嘩ではないのだから、江藤の知識人批判には文明批評としての価値があると考えてよいだろう。もし日本の、特に戦後の知識人がその思考の型において一つの体制を形作ったという見方をすることが出来れば、江藤はこの論文において思う存分、反体制的知識人として振舞っているといってよい。

戦後の知識人の大多数を敵に回すのなら、彼等とは異なる種類の人々を対比的にかざさなければなるまいが、江藤の場合にそれは、一部の政治家によって代表される実際家である。この対比において江藤は、日本敗北の日である昭和二十年八月十五日以後も実際家の時計の針は回り続けたが知識人の時計の針はこの日の正午に停止したと記している。これは丸山眞男が安保闘争のさなかに行った講演の一節であるところの、「敗戦の直後のあの時点にさかのぼれ、八月十五日にさかのぼれ（中略）私たちが廃墟の中から、新しい日本の建設というものを決意した、あの時点の気持というものを、いつも生かして思い直せ」という訴え掛けを踏まえた記述である。明らかにこれは八月十五日の敗戦と廃墟を「新しい日本の建設」という名分の下で絶対視する思考であり、日本内外のそれ以外の要素はすべて無視され、「米軍が日本にやって来たのは占領地を征服するためで、それ以外のなんのためでもない」という平凡な事実すら見過されている。

ここから知識人への次の批判が生じる。

どうして彼らは眼の前の悲惨よりは、閉鎖された実験室のなかで建設されるべき未来に力点をおいたのか。あるいは、国家間の物理的な力の衝突を解明しようとするより、天皇と軍国主義の弾劾に情熱的になり、諸悪の根源をもっぱら同胞のなかに見ることに急だったのだろうか。

虚脱の産物であり、「占領下という温室に咲いた花」に過ぎない理想主義とは別のところに、右の文中では「眼の前の悲惨」として表された日本の肉体の問題があり、人々が黙々として耐えた生活上の不幸の問題があったと江藤はいう。ところが「何故か知識人は自らの肉体の悲惨をあまりにも冷やかに無視しようとした」のである。ここでは江藤のいわゆる（政治家に限らぬ）実際家が味わなければならなかった苦しみに即して知識人の姿勢が論難されているといえよう。

話を丸山眞男の八月十五日始源説に戻すと、この日を境にして憲法を初め政治の仕組が一変したところに一切の価値の源を見ようとすることは政治を道徳として見る態度であり、要するに政治と道徳の混同だと江藤は述べている。事実そういうことが反安保の論客によって行われたのであるとすれば、それは文明論的に看過すべからざることであろう。何故なら江藤も言う通り、政治も道徳も人間的な、しかし逆方向にむかう情熱であるというのに、両者を一緒くたにすると、その情熱が見失われてしまうからである。

日本の知識人が——最近は知識人だけではないようだけれど——政治と道徳を同一次元で考えたがる性癖は、マルクス主義の後遺症なのか、それとも私達の文明に内在する何者かのなせる業なのか、私にも解き明せない事柄である。

江藤によればこの性癖は清水幾太郎が安保闘争の決定的（と彼には考えられる）瞬間に岸首相の道義心を当てこんだことにもよく表されている。

江藤のこういう考えは当然のことながら、政治を道徳に「汚染」されない非情なものと見ることに基いている。そしてこの考えは彼の日米戦争観に要約されているようである。日本とアメリカは何故戦ったのか。あの戦争をそれによって戦後の日本に「正義」がもたらされた思想戦と見做すことを拒む江藤の見解は次の通りである。

私に確実に見えるのは、太平洋でぶつかりあった二つの力、つまり戦の経済的要因であっ

て思想的要因ではない。（傍点、原文）

明治以来の日本が必然的に体験しなければならなかった力の伸張とそれに対する物理的な反撥という事実だけが疑いようのないものにみえる。

大筋としてはその通りであろうが、いささか気にかかるのは、思想という言葉の使い方である。日本とアメリカはいずれも太平洋国家としての利益を守るために、それぞれの思想を引きずる形で戦わなければならなかった。言換えれば「あらゆる戦についての真実」といえる「人命を抹殺し人間を破壊する」ことが思想を表看板にしなければ行えないところにまで人類の歴史は達していた。

江藤はこの論文の中で思想という言葉を道徳という言葉にすり寄せ過ぎている。知識人批判としてはそれでいいとしても、思想というこの不気味な言葉にはもっとふくらみを持たせた方がよさそうである。

アメリカは極東国際軍事裁判を頂点とする対日占領政策において日本人を思想的に断罪することで、その経済的利益擁護のための戦を正当化した。それが二十世紀の姿であり、その文明の性格であったろう。日本がためには八月十五日にすべてが新しくされたと言出すに至っては馬鹿馬鹿しさを通り越しているとしか評しようがない。

安保闘争から十年たった昭和四十五年（一九七〇年）は過去十年の間に高度経済成長を経験し、安保に次ぐ大事件だった大学紛争もほぼ終熄し、二年後の沖縄返還も確定して社会全体に落着きが見られた年である。国民の間に、「戦後は終った」という意識が拡がったとしても不思議はないが、それに否《ノー》を突きつけることは文明批評家の自由である。今の日本ではすべてが鬼ごっこ、電車ごっこのような「ごっこ」遊びに堕していると江藤は言ってのけた。それは彼がこの年の初めに発表した『「ごっこ」の世界が終ったとき』においてのことである。

江藤の説明を略述すると「ごっこ」では現実から一目盛ずらされた行為が措定され、現実につきものの禁忌は和らげられ、真の経験は渇望されるけれど決して与えられず、それだけにかえって行為者は身軽であり、自由である。これは黙契と共犯の上に立つ世界なのである。

そして江藤に言わせると学生の騒ぎは革命ごっこである。自主防衛とよく言われるが、自衛隊は隊員の意識がどうであろうと「米国の極東戦略の一環を分担させられている」のだから正確には日本の軍隊ではあり得ず、従っていうところの自主防衛は自主防衛ごっこである。左右いずれのナショナリズムもナショナリズムごっこである。三島由紀夫の「楯の会」は「ごっこ」であり、わたくしごとである。インターナショナリズムがインターナショナリズムごっこでしかないことは小田実のべ平連の運動がそれをはっきり示している。それは「米国と日本に均質な状況が存在するという虚構」に支えられているからである。

このべ平連が私権の原理を主張したことを江藤は咎めて、公的なものが存在しない「ごっこ」の世界に私権はあり得ず、「公的な価値の自覚とは、自分たちの、つまり共同体の運命の主人公として、滅びるのも栄えるのもすべてそれを自分の意志に由来するものとして引き受けるという覚悟である」と述べている。これはすぐれた文明批評家にしか言えないことであろう。

江藤のこの論文が発表された時の読者の反応を私は全然知らないが、おそらく反撥が大きかっただろうと想像される。自分が真剣にしているつもりのことをそれは「ごっこ」であり、遊びであると決めつけられて面白かろう筈はない。私自身、戦後の日本人の営みは例外なく「ごっこ」なのだとまで言われると抵抗したくなる。しかし江藤説が見取図として正しいであろうことはこれが発表されてから三十数年後の最近の事件から推し量られようというものである。それは日本の過去の戦争の意味を歴史と国際常識に即して説いた自衛隊の幹部が更迭された事件である。

どうして日本人の世界が「ごっこ」の、すなはち仮構に支えられた世界になったのかというその理由を江藤は日本におけるアメリカの存在《プレゼンス》の中に求めている。日本人の意識の尖端にはいつもアメリカが付着し、その意識を現実から隔てるクッションの役割をアメリカは果しているると彼は言う。なるほど極東情勢の変化に伴って日米関係は政治的、経済的には対等の域に近づいたが、軍事的にはアメリカは相変らず横須賀港と佐世保港を占拠し、これでは昭和二十年以来の占領体制がまだ続いていると言わざるを得ない。この状態を何とかしなければ、日本人が「ごっこ」の中で望みながらも得られない真の経験に達することはないだろうと江藤は述べるのである。

そうすると日米関係が正常なものになった時、ようやく日本人は「ごっこ」から解放されて、自己同一性《アイデンティティー》を回復したことになるだろう。そうなった時、何が起るか。

次の文は重要であり、途中を省略するわけには行かない。

そのときわれわれは、現在よりももっと豊かに整備され、組織され、公害すらいくらか減少したように見える七〇年代後半の東京の市街がにわかに幻のように消え失せて、そこに焼跡と廃墟がひろがるのを見るであろう。そして空がにわかに半透明なものたちのおびただしい群にみたされ、啾々たる声がなにごとかをうったえるのを聴くであろう。われわれはそのとき、いつの間にか頭を垂れ、その沈黙の言葉にいつまでも聴き入るであろう。われわれのなかで戦後に生れて育ち、戦争を少しも知らない若者たちも、即座にそれが戦争で死んだ三百万人の死者たちの鬼哭であり、眼前にひろがっているのが敗戦当時の東京の光景にほかならぬことを悟るであろう。それがこれまでに日本人の持ち得た真の経験の最後のものであった。われわれが自分の運命の主人公として歴史を生き、その帰結を自分の手に握りしめ、それを直視する勇気と誠実さを持っていた最後の瞬間であった。

(傍点、原文)

これは下手な論評を加えたくない文であるが、敢えて言うなら、もし文明とは人間が人間らしく生きられる状態を指すのであるとすれば、ここではその人間らしさが死と敗北の形を取るという逆説が成立っている。この逆説に漲《みなぎ》る力の前では、江藤の描いた未来像が七〇年代後半はおろか二十一世紀の今日に至っても実現していないという事実は何物でもないであろう。

3　アメリカという名の他者 ―「アメリカと私」「閉された言語空間」―

　幕末の開国までの日本文明は他者との関係によって揺れ動くことのない自己完結的な文明であったろう。以下の記述の多くは周知の事実をおさらいするだけのことであるが、日本文明の形成に圧倒的な刺激を与えた唐天竺はすぐれた宗教、思想、道徳をもたらしはしたものの、彼の地の人々が日本国内で日本人のそれとは異なる共同体を営むということはなく、日本人は彼等に気兼ねせず、独自の文明を築いて行けばよかった。十三世紀の元軍の日本侵寇と十六世紀のヨーロッパ人の渡来もそれぞれの事情から例外を形作るには至らなかった。ところが十九世紀の後半に改めて姿を現した欧米人は、日本がかかわらないですませることを許さぬ他者として振舞い、こうして日本の長い「伝統」には終止符が打たれたのである。

右に欧米人と記したが、イギリス、フランス、ドイツが明治国家の形成にすこぶる貢献したことはいうまでもないし、ロシアとその後身のソ連は少し違う意味で近代の日本を大きく動かしたけれど、時によれば日本の死命を制し兼ねない力を持つ他者として日本の前に立ちはだかったのがアメリカである。アメリカの出現によって日本の文明はまったく新しい相貌を呈せざるを得なくなったと言ってよい。

江藤淳は文学者の中では例外的なほどこの事実に敏感だった人であり、前項で取上げた『ごっこ』の世界が終ったとき」もその一つであるが、アメリカまたは日米関係について数々の論考を残している。その中から二つほど取上げることにしたい。

江藤は昭和三十年代の後半に二年間、最初の一年は客員研究員として、次の一年は日本文学担当の専任教員として、アメリカのプリンストン大学に滞在した。彼はこの滞在中にキューバ危機とケネディ暗殺を経験している。この滞在の記録が「アメリカと私」である。

このエッセイの読みどころの一つは、アメリカよりおだやかな筈の日本の社会にいつも違和感を覚えていなければならなかった江藤が、アメリカ社会の厳しさに接することを通して意外にも自分の中の日本に目ざめたことを報告するくだりであろうかと思われる。彼は日本ではなくしかけていた季節感が蘇るのを感じ、明治以後の日本の歩みをじっくり見直すことが出来るようになり、自分を古事記、万葉以来の日本文学の持続の一端に位置する一人であると感じたという。ここには他者を知ることが自己発見を促すという古典的な命題が生きているが、文明批評的に考えて重要なのはそういうことよりもむしろ、江藤によって対比的にとらえられたアメリカ的特徴と日本的特徴の相違であろう。

江藤はアメリカに到着早々、同行した妻の急病がきっかけで、「アメリカ合衆国の社会を現実に支えているひとつの単純な、しかしその故に強力な論理」であるところの「適者生存の論理」に直面したと記している。この論理の下で、「病人は不適者であり、不適者であることは『悪』である。『悪』は当然『善』であるところの適者に敗れなければならない」のである。この「適者」を「強者」に変えると、「力の最大限の発揮と、強者の勝利という明快な原則の作用を、いささかも隠そうとしないこの国」（傍点、引用者）といった表現が得られる。

日本人の多くは民主主義の本家本元たるアメリカがそういう論理、原則に動かされていることを訝りたくもなろうが、江藤に言わせれば民主主義はアメリカン・ウェイ・オブ・ライフの別名なのであり、それは暴力を内包し、「人性論上の一種の性悪説の上に根づいたもの」なのである。江藤はこの見地よりして、「私の印象では、米国人は、占領時代に自分の手で移植したはずの戦後日本の『民主主義』を、肚の底では当の日本の『民主主義』擁護論者ほど信用していないように見えた」という興味深い一文を残している。

アメリカとはその内容を異にする日本の在り方がここにはそれとなく表されているというべきであるが、江藤によって右のようなものとして提示された American way of life はアメリカ人にとっての戦争と差別の問題を覗かせているのではないだろうか。悪である不適者は善である適者に敗れるのが当然ということであれば、アメリカは自らが不適者と見做す人間集団を自由に攻撃してよいことになるし、その集団を不適者として扱う心理には差別感情が、そしてそれが異民族であれば人種偏見がつきまとわずにはいないだろうからである。

江藤は日本軍の真珠湾奇襲をアメリカ政府が事前に察知しながら、「日本に最初の一撃を故意にゆずったと思われる」という幾つかの証言を引合いに出しているが、このようにして始まった日米戦争の末期にアメリカ軍が日本の民間人を平然と殺戮したそのすさまじさと戦後になってから紳士の仮面を被《かぶ》りおおせて遂行した占領政策の苛烈さはこの事実を背景に置くことではっきり理解出来るような気がする。

しかしこの差別、偏見のことではまことに面白い記述がある。それは江藤がプリンストン大学で一緒になったアメリカ人の某日本文学研究家についての話である。彼は日本語に熟達し、日本的生活様式をすっかり身につけたというのに、日本人から「外人」としてしか見られず、そこで日本人に深い恨みを抱いていたのであるという。

私達はアメリカを人種その他の差別と偏見の総本山のように思いがちであるし、事実、江藤もその実例を幾つか紹介している。たとえばプリンストン大学の複数のイーティング・クラブ（事実上の食堂）にはどの学生でも自由に入れるわけではなく、どのクラブに入れるかはその学生の社会的身分によって決るのだそうである。また江藤夫妻が部屋を借りていたアパートの家主はイタリア系移民の老人であるが、彼はアメリカの白人が黒人ばかりちやほやして自分達を馬鹿にしているといつもいきり立っていた。

ところが江藤の見解では、この老人はそれでも米国市民たり得ているが、右の日本文学研究家は日本社会の一員には決してなれないのである。『外人』は、日本では、いわば丁重に人種差別《ディスクリミネイト》されていた」のであり、「日本の社会にひそんでいるのは、ときには媚びさえ含む微笑の底にかくされた拒否」なのである。

日本人のこの態度は日本が「一民族一国家という、まれにみる均質《ホモジーニアス》な国」であるからだろう。何種類かの人種の複合体だった日本がその長い歴史を通して均質化され過ぎたからであろう。日本はアメリカとはまったく違った意味で世界有数の人種差別国家であるかも知れないのである。これは如何に止むを得ないとはいえ、日本人にとって名誉なことではない。日本文明について考察するのなら、このことをないがしろにすべきではないだろうと思われる。

アメリカとの戦争に敗れた日本は昭和二十年（一九四五年）の敗戦時から六年数箇月の間、アメリカ軍の占領下に置かれた。この占領時代にアメリカが日本国内で行った検閲の実態を、アメリカのウィルソン研究所その他に保存してある一次史料に基いて調査研究した結果としての文字通りの労作が『閉された言語空間』であり、江藤のこの書は次の二部に分れている。第一部・アメリカは日本での検閲をいかに準備していたか。第二部・アメリカは日本での検閲をいかに実行したか。

この第一部にはアメリカが日本での検閲の準備に先立ち、合衆国内で行った検閲のことが記されている。アメリカは戦時態勢を維持するため検閲制度を必要としたのであるが、それは「(連邦議会は)言論及び出版の自由を制限することはできない」(合衆国憲法修正第一条)というアメリカの国是には合わなかった。そこでローズヴェルト大統領は、「あらゆるアメリカ人は、戦争を嫌悪するのと同程度に検閲を嫌悪する」と述べ、彼によって任命されたプライス検閲局長官は、「自由な国で検閲が人気を得ることは到底不可能だ」と述べているが、これは彼等が検閲を反アメリカ的な悪（江藤の言では必要悪）と認識していたことをはっきり物語っている。彼等はそれを悪と知ればこそ尚更それに邁進する意欲を掻き立てられたのではなかったかと想像される。

それにしても如何にその必要があるとはいえ、国家の指導者が本来あってはならない政策を推し進めるためには、それを極力国民の眼から隠さなければならないであろう。検閲局は公表された大統領直属の機関であるにもかかわらず、影の存在に終始したという。この方式はやがて占領地・日本にも適用されるのである。

ちなみに合衆国検閲局の設置を定めた大統領令が公布されたのと奇しくも同じ日（昭和十六・一九四一年十二月十九日）に日本では同趣旨の戦時立法・言論出版集会結社等臨時取締法が公布されている。この二者の間で違反者への罰則を比較すると、日本が最高刑懲役一年であるのに対して、アメリカではそれが罰金一万ドルまたは禁固十年またはその双方であり、彼我の厳しさの相違は歴然としている。過去の日本の言論弾圧を非難するのなら、こういうことをわきまえた上でそれをして貰いたいと思わないではいられない。

しかし第一部を読み進めると、アメリカでの国内検閲は止むを得なかったろうという気持に誘われる。戦時下に利敵行為を取締ることは当然であり、現に郵便検閲がもとになってスパイが摘発されたこともあったそうである。そうすると形式論理の上からは、占領地での検閲も止むを得ないことになりそうなものであるが、それがそう言ってすませられないのは、一つには自国民への検閲と他国民への検閲ではそこに働くメンタリティがまったく異るからであり、また一つには戦勝国と敗戦国の間の国際協定がものを言うからである。

占領軍は敗戦後の日本で書籍・新聞・雑誌・放送・電信電話・映画・演劇・郵便等のあらゆる分野で検閲を実施した。CCD（民間検閲支隊）なるものが英語を解する大勢の日本人を使役しながら精力的に検閲業務をこなした。日本人検閲官には厳重な秘匿の義務が課された。ジャーナリストは自国政府を見捨てて占領軍当局に忠誠を誓うことを強いられた。江藤はCCDの三十項目に及ぶ検閲指針を評して、これは「古来日本人の心にはぐくまれて来た伝統的な価値の体系の、徹底的な組み替え」だという激越な科白を吐いている。

ここで問題になるのは連合軍が発して帝国政府が受諾したポツダム宣言のことである。この宣言には、「言論、宗教及思想の自由並に基本的人権の尊重は確立せらるべし」と記してある。そしてGHQ民政局の手になる日本国憲法第二十一条の一節は、「検閲は、これをしてはならない。通信の秘密は、これを侵してはならない」である。要するに占領軍は日本人に対して理論上は検閲をしてはならなかったのである。しかし実情は右に述べた通りだった。

これは建前と本音の使い分けというような生やさしいものではなく、表と裏が正反対の方向にむかうという通常は考えられない事態の出現であり、それを貫くのは日本人には想到し難い瞠目《どうもく》すべきマキャヴェリズムであったといえよう。

更にポツダム宣言は勝者をも拘束する一種の双務的な国際条約であり、マッカーサー司令官すら最初はそれをそのように理解していたというが、トルーマン大統領はその事実を強引に捩じ曲げ、日本は無条件降伏をしたという虚構を作り上げ、占領行政は同大統領のその意向に沿う形で繰広げられた。ここにも敵すべからざるマキャヴェリズムがあったと言わなければならない。

マキャヴェリズムの語を二度も使ったが、この語によって暗示される政治権力そのものを文明批評の対象にすることはむずかしい。しかしそれが文化に、言語に、人心に働き掛けた結果として生じた状態は文明批評的に扱うことを得るであろう。

その状態の核心に位するのは自由の一語である。検閲という名の言論統制が情容赦なく行われた占領下の日本に自由はあったのだろうか。自由がないところに文明はないと考えることは可能な筈である。

江藤の書に記されたことではないが、ここで想起されるのは、河上徹太郎が占領下の自由を

「配給された自由」であると喝破したところ、当時の知識人達から激しく反撥されたというエピソードである。彼等にして見れば、ようやく手に入れた「本物の自由」を「配給された自由」と見做すとは何事かというわけだっただろうが、これはどう考えてもおかしい。検閲とは自由を剝奪する行為に他ならないからである。たしかに検閲のことは秘匿されていたが、それはそのことを通して正体を現していたとしか私には思えない。文筆家は検閲官の許可が下りなければ自説を発表出来なかったのであるし、私信の検閲は少なからぬ数の民間人にその事実を感づかせていた。学校では民族の自由の根源である歴史を学童に教えることが占領軍によって禁止されている。そういう状況で謳歌する「本物の自由」とは何だったのであろうか。

勿論、どんな場にもその場に特有の雰囲気がある。書斎の中で想像する戦争と戦場で実際に経験する戦争がまったく違うものであるように、占領時代の雰囲気はその中に身を置かなければ本当にはわからないのだという主張にはそれなりの理があるだろう。私自身は占領時代に、最年少の世代に属する一人として接しただけだから、当面の問題に関して実感は湧かないが、もし誰かから、あの時代でなければ味えない自由があったのだと言われたら、「ああ、そうですか」と答えるより他はない。

しかしそれを認めても尚釈然としないのは、少なくとも知識人は自分一箇の自由にかまけるよりも先に、占領の終結と国家主権の回復を強く願わなければならない立場ではないのかという心持を拭えないからである。私達の文明のこの局面の持つ意味が私にはよくわからない。まさか自国の公権力より外国の公権力の下に置かれている方が居心地がよいと感じたわけではなかったであろう。

占領下の検閲の実態は江藤が丹念に調べ上げなければ歴史の闇の中に消え失せていただろう。「閉された言語空間」はまことに貴重な記録である。しかしひとこと付加えれば、私達はこの書を反米の材料にしてはならないと思う。検閲によって日本人の言語空間を閉したのがアメリカなら、食糧の大量放出によって多くの日本人を餓死の運命から救ったのもアメリカだった。アメリカに対する日本人の態度は日本に対する韓国人の態度のようなものであってはならないと私は考えている。

江藤は検閲におけるアメリカの対日政策を次のようなものとしている。

それは、「邪悪」な日本と日本人の、思考と言語を通じての改造であり、さらにいえば日本を日本ではない国、ないしは一地域に変え、日本人を日本人以外の何者かにしようという企てであった。

江藤が感情に任せて嘘を書いたとは考えられないにしても、私はこの文章の読み方に注文をつけたい。私達はここにおいてあからさまなアメリカの悪から教訓を得て、それを日本の進路や文明の在り方に凝らす思いの中に生かせばよいのではないだろうか。その教訓とは、敗者への勝者の仕打ちはどういうものなのかということであり、力関係で上位に立った民族は下位の民族にどれほど破壊的に振舞い得るかということである。マキャヴェリズムにもインペリアリズムにも縁遠い日本の文明にはこういう苦い要素を注入する必要があるように思われる。

終りに

本書を書き進めながら様々のことを考えたが、そうしている内に、日本でも世界でも文明は二十世紀に入ってからその質が低下し始めたのではないかという思念を禁じ得なくなった。そういう文明の退歩を端的に示すのが原子爆弾の開発と使用そして極東国際軍事裁判であり、この二つが日本を舞台にして行われたことは象徴的である。世界の文明は再建されなければならないが、私達は先ず日本の文明を正常なものとすることに力を傾けるべきであろう。そうすることが世界の文明の蘇生に寄与貢献する唯一の途である。

私達において必要とされるのは日本の歴史と伝統を、すなわち過去の日本人の姿を改めて思い返すことである。戦前の皇国史観に復帰しろなどと言いたいのではない。そうではなく、先人達の営みから私達の現在に通じる点を見つけ出し、それを私達の生の推進力にしたらどうかと言いたいのである。このやり方によって現代を支配する諸々の観念は多かれ少なかれ是正される筈である。今と昔がどれほど隔っていようと、間違っても今は正しく昔は正しくなかったと考えてはならない。

本書の中で取上げた文明批評家達はこの考え方に反対しないであろう。彼等の文明批評の大きな動機は過去と現在の断絶を戒めることにあったのだから。

とはいっても日本の現状から見て、これが絶望的ともいえるほど困難な作業に感じられることは事実である。それなしには文明のたがが外れてしまいかねない直観力を今や私達は欠いている。私達の文明、この日本の文明は何処に行こうとしているのだろうか。

引用文献とその出典

一　「舞姫」／「普請中」／「沈黙の塔」／「かのやうに」／「人種哲學梗概」／「黄禍論梗概」／「妄想」／「澁江抽斎」／「日本家屋説自抄」／「市区改正ハ果シテ衛生上ノ問題ニ非サルカ」／「非日本食論ハ将ニ其根拠ヲ失ハントス」

以上はすべて『鷗外全集』全三十八巻（岩波書店。昭和四十六～五十年）に収められている。

二　「吾輩は猫である」／「私の個人主義」／「それから」／「現代日本の開化」

以上はすべて現代日本文學全集11と64の『夏目漱石集』（筑摩書房。それぞれ昭和二十九年と同三十一年）に収められている。

三　「新歸朝者日記」／「冷笑」／「日和下駄」

以上はすべて現代日本文學全集16と68の『永井荷風集』（筑摩書房。それぞれ昭和三十一年と同三十三年）に収められている。尚、文中で引用した石川啄木の文章は彼の「きれぎれに心に浮んだ感じと回想」の一節であり、これは近代文学評論大系3（角川書店。昭和四十七年）に拠った。

四　「作家の文明批評」／「文明開化と漱石」／「浮雲」解説／「知識階級」

以上はすべて『中村光夫全集』全十六巻（筑摩書房。昭和四十六～四十八年）に収められている。

五

「平和論にたいする疑問」／「平和論と民衆の心理」／「ふたたび平和論者に送る」／「戦争と平和と」／「個人と社會」／「日本および日本人」／「私の國語教室」／「金田一老のかなづかひ論を憐れむ」

以上はすべて『福田恆存全集』全八巻（文藝春秋。昭和六十二～六十三年）に収められている。

尚、最後の引用文（「かうして幾多の――」）は右全集第四巻の、福田自身の手になる「覺書」の末尾に記されたものである。

六

「〃利〃と〃義〃と」／「国際化の光と影」

以上は『利と義と』（ＴＢＳブリタニカ。一九八三年）に収められている。

「〃戦後〃知識人の破産」／「『ごっこ』の世界が終ったとき」

以上は『江藤淳コレクション１』（ちくま学芸文庫。二〇〇一年）に収められている。

「アメリカと私」

これは『新編江藤淳文学集成５』（河出書房新社。昭和六十年）に収められている。

「閉された言語空間」

同名の書（文藝春秋。平成元年）に拠る。

あとがき

近代日本文学の場で発せられた様々の文明批評的言説を調べ直して、出来れば僅かなりとも相互の脈絡を発見したいという念願を私はかねてより抱いていたが、このたび、それが出版書肆・新典社の御好意で実現することになった。この新典社については後述することにして、その前に、本書の中で取上げた六人の文筆家と私の関係に目を向けておくことにする。関係とはいっても執筆者と読者の関係ではなく、もっと直接的、生活的な関係のことである。

森鷗外と夏目漱石は私が生れて来た時にはすでに故人だったのだから、この二人は問題外である。昭和三十四年に永井荷風が死んだ時、祖父から彼と荷風が中学の同級生だったことを聞かされたが、もとよりこれは私自身に関係する事柄ではない。

明治時代に出発した文学者と私の間に個人的なつながりがなかったことは当然である。ところが昭和時代の文学者となると様相が変って来る。

中村光夫には何度かめぐり合いながら、いつもすれ違いに終り、私は中村氏の面識を得るには至らなかった。福田恆存にはその晩年に、福田氏の知人を介する形で、私の福田恆存小論を進呈したが、返事はもらえなかった。

こう見て来ると私の個人的な知り合いは江藤淳だけだったことになる。知り合いとはいっても文学研究家の集まりなどで顔を合せた時に立ち話をする程度であり、ことによると江藤氏は私の姓名を把握していなかったかも知れないという気がする。しかし淡い関係といえども、つきあいはつきあいである。江藤氏の人を逸らさぬ態度は多分に職業的と感じられたが、それでも私は同氏の温顔をなつかしんでいる。

話を新典社のことに戻すと、本書は同社の岡元学実社長と小松由紀子課長のチームワークに支えられる形で出来上った。有能で親切な編集者の御世話になることはすぐれた文学者に親しく接することと同じく喜びであり、御両人に心からの謝意を表しておきたい。

文明批評という行為は同時代の文明だけでなく、後代の文明をも照し出すものであろう。私の仕事にそれだけの価値があるかどうかを別にして言えば、先人たちが筆や口にした文明批評を明るみに出すことから、現代日本の政治、社会、文化の深い意味が知られるだろうと思われる。本書の序の中で手短かに述べた通り、明治・大正・昭和の文明批評はその気になればもっと発掘出来るのである。

平成二十二年一月二十三日

和田正美

和田　正美（わだ　まさみ）
1938年1月4日　東京都に生まれる
1963年3月　東京大学文学部フランス文学科卒業
1983年3月　東京大学大学院比較文学比較文化専門課程修了
学位　文学修士
明星大学名誉教授
著書　『言葉の中の古今東西』（2003年，明星大学日本文化学部〔非売品〕）
編著　『批評と創作』（2005年，明星大学日本文化学部）
　　　『理想と現実』（2006年，明星大学日本文化学部）
　　　『言語と藝術』（2007年，明星大学日本文化学部）
論文　「三島由紀夫における『自傳』の構造」
（『自伝文学の世界』1983年11月，朝日出版社）
「日本の外国語教科書の中の日本人像」
（『内なる壁』1990年7月，TBSブリタニカ）
「二人の娼婦―『脂肪の塊』と『クレマンティーヌ』」
（CROSS CULTURE，1991年3月，光陰女子短期大学）
「O.Henrg の A Madison Square Arabian Nights について」
（『風雅の館』1992年2月，学書房）
「戊辰のこと―江戸開城の精神」（『東西の思想闘争』1994年4月，中央公論社）
「狐の業と女の性と」（『比較文学研究』1994年7月，東大比較文学会）
「ロバート・リンド小論」（『言語文化学科研究紀要』2007年3月，明星大学）

文明批評《ぶんめいひひょう》の系譜《けいふ》
―― 文学者が見た明治・大正・昭和の日本 ――　新典社選書 30

2010年3月16日　初刷発行

著　者　和田　正美
発行者　岡元　学実

発行所　株式会社　新典社

〒101－0051　東京都千代田区神田神保町1－44－11
営業部　03－3233－8051　編集部　03－3233－8052
ＦＡＸ　03－3233－8053　振　替　00170－0－26932

印刷所 恵友印刷㈱　製本所 ㈲松村製本所

ISBN978-4-7879-6780-0 C1395
http://www.shintensha.co.jp/　E-Mail:info@shintensha.co.jp